河出文庫

銀河ヒッチハイク・ガイド

ダグラス・アダムス
安原和見 訳

kawade bunko

河出書房新社

銀河ヒッチハイク・ガイド

ジョニー・ブロックとクレア・ゴーストをはじめ、
アーリントンのみなさん全員に。
お茶と同情とソファをありがとう。

星図にも載っていない辺鄙な宙域のはるか奥地、銀河の西の渦状腕の地味な端っこに、なんのへんてつもない小さな黄色い太陽がある。

この太陽のまわりを、だいたい一億五千万キロメートルの距離をおいて、まったくぱっとしない小さい青緑色の惑星がまわっている。この惑星に住むサルの子孫はあきれるほど遅れていて、いまだにデジタル時計をいかした発明だと思っているほどだ。

この惑星にはひとつ問題がある、というか、あった。そこに住む人間のほとんどが、たいていいつでも不幸せだということだ。多くの解決法が提案されたが、そのほとんどはおおむね小さな緑の紙切れの移動に関係していた。これはおかしなことだ。というのも、だいたいにおいて、不幸せだったのはその小さな緑の紙切れではなかったからである。

というわけで問題はいつまでも残った。人々の多くは心が狭く、ほとんどの人がみじめだった。デジタル時計を持っている人さえ例外ではなかった。

そもそも木から降りたのが大きなまちがいだったのだ、と多くの人が言うようになった。木に登ったのさえいけない、海を離れるべきではなかったのだと言いだす者もいた。

そんなこんなのある木曜日のこと。たまには人に親切にしようよ楽しいよ、と言ったばかりにひとりの男が木に釘付けにされてから二千年近く経ったその日、リクマンズワースの小さな喫茶店に座っていたひとりの若い娘が、いままでずっとなにがまちがっていたのかふいに気がついた。そしてやっと、世界を善にして幸福な場所にする方法を思いついた。今度の方法は確実で、きっとうまく行くはずだったし、だれかがなにかに釘付けにされる心配もなかった。

ところが悲しいことに、電話をかけてそのことを人に伝えるひまもなく、恐ろしくも無意味な災厄が襲ってきて、彼女の思いつきは永遠に失われてしまった。

これは、その若い娘の物語ではない。

その恐ろしくも無意味な災厄と、その後のてんまつの物語だ。

これはまたある本の物語でもある。『銀河ヒッチハイク・ガイド』という本で、地球では出版されたことがなく、その恐ろしい災厄が襲ってくるまで、地球人はひとりとしてその本を見たことも聞いたこともなかった。

とはいえ、それはまったく驚くべき本である。

実際のところ、小熊座《アーサ・マイナー》にある大出版社が出版した本のうちで最も驚くべき本かもしれない。もっともその出版社についても、地球人のだれひとり聞いたこともなかったわけだが。

まったく驚くべき本であるばかりか、これはたいへんな成功を収めた本でもある。

人気という点では『天上住宅維持管理法選集』を超え、販売部数では『無重力でやるべきその他五十三のこと』をしのぎ、多くの論争を呼んだという点では、ウーロン・コルフィドの哲学三部作にして大ベストセラー『神はどこでまちがったか』『神の最大の誤りについてもう少し』『そもそもこの神ってのはどういうやつだ』にもまさるほどだった。

銀河の東外縁には、西側にくらべて肩の凝らない文明を発展させている星が多い。それだけに、すでにあの名高い『ギャラクティカ大百科』を押しのけて、『ヒッチハイク・ガイド』のほうがあらゆる知識や知恵の出典として広く認められるようになっている。欠落は多いし、いかがわしいとは言わないまでも、少なくとも大いに不正確な記述も少なくないのだが、古くて退屈な『ギャラクティカ』よりもふたつの重要な点ですぐれていたからである。

第一に、ちょっとばかり値段が安い。第二に、大きな読みやすい文字で「**パニクるな**」とカバーに書いてある。

しかし、この恐ろしくも無意味な木曜日の物語、そしてその後のあきれた成り行きの物語、そしてその成り行きがいかにしてこの驚くべき本と密接に関わることになったかという物語、その始まりは単純そのものだった。

始まりは一軒の家だった。

1

その家は、村のちょうど端っこのちょっとした高台に建っていた。一軒家で、広々とした西部地方の農地を見おろしている。どこから見ても目立つ家ではない。築三十年ほど、ずんぐりむっくりで角張っていて、レンガ造りで、正面には窓が四つはまっているが、大きさも配置も見る人の目を喜ばせることにほぼみごとに失敗している。

どんな意味においても、この家に特別な価値を見いだしている人間はひとりしかいない。それはアーサー・デントで、その理由はただひとつ、彼がたまたまそこに住んでいるからだった。住みはじめたのは三年ほど前。ロンドン暮らしが神経にこたえてきたので、こちらへ引っ越してきたのだ。家と同じく彼も生まれて三十年ほど、長身で、黒髪で、いつもくよくよ思い悩んでいる。彼がなにより悩んでいるのは、なにをそんなに悩んでいるのかと会う人会う人に訊かれることだった。いまは地元のラジオ局で働いていて、きみが思ってるよりずっと面白い仕事なんだぜ、といつも友人たちに言っている。その言葉に嘘はなかった——友人たちはほとんど広告業界で働いていて、広告業のほかに面白い仕事などありっこないと決め込んでいるからである。

水曜の夜は土砂降りの雨だったので道はぬかるんでいたが、木曜の朝には太陽が明るく輝き、これを最後とアーサー・デントの家を照らしていた。まだアーサーにはちゃんと呑み込めていなかったものの、この家はバイパス建設のために取り壊されることになっていたのだ。

木曜日の午前八時、アーサーはあまり気分がよくなかった。ぼんやりと目をさまし、起きあがり、ぼんやりと部屋を歩きまわり、窓を開け、ブルドーザーを目にし、スリッパを見つけ、顔を洗おうとのそのそとバスルームに向かった。

歯ブラシに歯磨き粉——よし。歯をみがく。

ひげ剃り用の鏡——天井を向いている。向きを直す。ちらとブルドーザーが映った。バスルームの窓の外にももう一台来ていたのだ。向きをちゃんと直した鏡には、アーサー・デントのひげが映っている。ひげを剃り、顔を洗い、顔を拭き、のそのそとキッチンに向かって、口に入れても大丈夫なものを探した。

やかん、コンセント、冷蔵庫、牛乳、コーヒー。あくびが出た。

ちょっとのあいだ、ブルドーザーという単語が頭のなかをふらふらして、つながるべき相手を探していた。

キッチンの窓の外のブルドーザーは、かなり大きなブルドーザーだった。

彼はそれを見つめた。

「黄色い」と思い、服を着替えようとのそのそと寝室に戻った。

バスルームのわきを通ったとき、立ち止まって大きなコップで水を一杯飲んだ。そしてもう一杯。二日酔いのような気がしてきた。なぜ二日酔いなんだろう。昨夜《ゆうべ》酒を飲んだだろうか。きっと飲んだにちがいない。ひげ剃り用の鏡に目が留まった。「黄色い」と思い、のそのそ寝室に戻った。

立ち止まって考えた。パブだ。ああちくしょう、パブに行ったんだ。怒っていたのをぼんやり思い出した。なにを怒っていたのだろう。重要なことだったような気がする。そのことを人に話していた。ずいぶんくどくど話してたんじゃないかな。はっきりと思い浮かぶのは、とろんとした目つきの人の顔また顔。新しいバイパスのことで、なにかに気がついたばかりだったんだ。何か月も前から準備が進んでいたのに、そのことを知っている者はだれもいないようだった。ばかばかしい。水をごくごくと飲んだ。なんとかなるさ。バイパスなんかつくったってしょうがないじゃないか。役所もそのうちあきらめるだろう。心配することはない。

それにしてもひどい二日酔いだ。洋服だんすの鏡を眺めた。舌を突き出してみる。「黄色い」と思った。その黄色いという単語が頭のなかをさまよって、くっつく相手を探している。

十五秒後、彼は家から飛び出し、大きな黄色いブルドーザーの前に横たわっていた。ブルドーザーは、彼の庭の歩道を進んでこようとしていた。

ミスター・L・プロッサーは、言うところのごくふつうの人類だった。言い換えれば、炭素型二足生物でサルの子孫だった。具体的には四十歳で、太っていて見栄えがしなくて、市の職員として働いていた。面白いことに、本人は知らなかったが、彼はまたチンギス・ハーンの男系直系の子孫でもあった。もっとも、重ねた世代とくりかえした人種混合に遺伝子をこねくりまわされて、外見にはモンゴロイドの特徴はまったく残っていない。ミスター・L・プロッサーに残っている偉大な先祖の痕跡と言えば、腹まわりの肉付きがやけによいことと、小さな毛皮の帽子が大好きということだけだった。

彼はけっして勇敢な戦士ではなかった。それどころかいつもなにかを心配してくよくよしていた。今日はいつにもまして心配してくよくよしていたが、それは仕事で重大な問題が発生していたからだ。そしてその仕事とは、今日の夕方までにアーサー・デントの家をきれいさっぱり取り壊す作業の監督だった。

「いい加減にしてくださいよ、ミスター・デント」彼は言った。「無駄ですってば。ブルドーザーの前にずっと寝っころがってるわけにはいかんでしょうが」目を怒らせようとしたが、目にはその気がなかった。

泥にまみれて横たわったまま、アーサーは反論した。

「ぼくはあきらめないぞ。どっちが先に錆《さ》びつくか、すぐにわかるさ」

「いずれあきらめるしかないんですよ」ミスター・プロッサーは毛皮の帽子をつかみ、頭にのせたまま向きを変えた。「バイパスは建設しなくちゃならんのですから、いつかは建設されるんです！」

「そいつは初耳だ。どうして建設しなくちゃならないんだ？」

ミスター・プロッサーは指を一本立てて振ってみせたが、すぐにまた引っ込めた。

「どうして建設しなくちゃならないって、それはどういうことです？　バイパスですよ。バイパスは建設しなくちゃならんものなんです」

バイパスとは、ある人をA地点からB地点へ大急ぎで移動できるようにし、またある人をB地点からA地点へ大急ぎで移動できるようにするための手段である。その二地点のちょうど中間のC地点に住んでいる人々は、A地点にどんな取り柄があれば、B地点の連中はあんなに急いでそこへ行きたがるのかと思い、またB地点にどんな取り柄があれば、A地点の連中はあんなに急いでそこへ行きたがるのかと思う。そしてしょっちゅう思うのは、いい加減自分がどっちにいたいのか早く決めろよということだった。

ミスター・プロッサーはD地点にいたかった。D地点は具体的にどこということはなく、ただA地点からもB地点からもC地点からも遠く離れた任意の一点だ。そのD地点にこぢんまりしたコテージを建てたい。入口のうえには斧を飾って、E地点に腰をすえて快適な時を過ごすのだ。ちなみにE地点とはD地点の最寄りのパブのことである。妻はもちろん蔓バラを這わせたがるだろうが、彼は斧を飾りたかった。なぜかはわからないが、昔から斧が好きなのだ。ブルドーザーの運転手たちが馬鹿にしてにやにや笑っているのを見て、顔がかっと熱くなってきた。

彼は片足から片足へと体重を移しかえたが、どっちにしても居心地が悪いのは同じだった。どうやらとんでもなく無能なやつがいるようだが、それが自分でなければいいがと思った。

ミスター・プロッサーは言った。「提案とか抗議とかがしたければ、前もって申し出ればよかったんですよ」

「前もって?」アーサーはわめいた。「前もってだって? 初めてこの話を聞いたのは、昨日作業員がうちに来たときなんだぞ。窓拭きにでも来たのかと訊いたら、いいえこのうちを壊しに来ましたって言うじゃないか。もちろんすぐにそう言ったわけじゃない。とんでもない。まず窓を二、三枚拭いてみせて、五ポンド頂きますと来た。そのあとだ」

「ですがね、ミスター・デント、計画はもう九か月も前から地元の設計課で閲覧できるようになってたんですよ」

「そうだろうとも。話を聞くなりまっすぐ閲覧しに行ったよ、昨日の午後に。あんたたち、あの計画を告知しようとちょっとは努力したのか。つまり、少しは人なりなんなりに話をしたんですかってことだ」

「ですがね、計画書は貼り出して……」

「なにが貼り出してだよ。わざわざ地下室まで降りていかなきゃ見られなかったんだぞ」

「だって、地下が掲示場所ですからね」

「懐中電灯を持ってだぞ」

「そりゃ、たぶん電灯が切れてたんでしょう」

「電灯だけじゃない、階段まで切れてたよ」

「ですがね、いちおう告知はしてあったわけでしょ？」

「してあったよ」とアーサー。「もちろんしてあったさ。鍵のかかったファイリング・キャビネットの一番底に貼り出してあったよ。しかもそのキャビネットは使用禁止のトイレのなかに突っ込んであって、ごていねいにもトイレのドアには『ヒョウに注意』と貼り紙がしてあった」

頭上を雲が流れ、アーサー・デントのうえに影を落とした。彼は冷たい泥に横たわり、片ひじをついて上半身を起こしている。雲は続いてアーサー・デントの家に影を落とした。ミスター・プロッサーは、まゆをひそめてその家を眺めた。

「とりたてて上等な家でもないじゃないですか」

「悪かったね、でもぼくは気に入ってるんだ」

「バイパスも気に入りますよ」

「冗談じゃない」アーサー・デントは言った。「ごちゃごちゃ言ってないでもう帰ってくれ。バイパスなんかどうなったって知るか。工事をする法的根拠なんかないんだろ」

ミスター・プロッサーは何度か口をぱくぱくさせた。そのせつな彼の頭に浮かんだのは、説明はできないが妖しくも魅力的なイメージだった。アーサー・デントの家が炎に包まれていて、アーサー本人が悲鳴をあげて業火のなかから逃げ出してくる。そしてその背中には、少なくとも三本の太い槍が突き刺さっているのだ。ミスター・プロッサーはしょっちゅうこういうイメージに襲われ、そのたびにひどく不安な気分になる。しばらく口ごもっていたが、やがて気をとりなおした。

「ミスター・デント」彼は言った。

「なんですか」アーサーは言った。

「ひとつお教えしましょう。あのブルドーザーをこのまま進ませて、あなたをぺちゃんこにしたとしますね。そしたら、ブルドーザーにどれぐらい傷がつくと思います？」

「どれぐらい？」

「ぜんぜん、ひとつもです」ミスター・プロッサーは言って、足音も荒くおどおどとその場をあとにした。頭のなかに一千人の毛深い騎馬兵が現れて、そろってこっちに向かって怒鳴っているのはなぜだろうと思いながら。

奇妙な偶然の一致により、サルの子孫であるところのアーサー・デントは「ぜんぜん、ひとつも」疑っていなかった。まさか、彼の親しい友人のひとりがじつはサルの子孫ではなく、ギルフォードの出身というのも嘘で、ほんとうはベテルギウス《ビートルジュース》の近くの小さな惑星の出身であろうとは。

アーサー・デントは、まさかそんなこととは夢にも思わなかった。

その友人が初めて地球にやって来たのは、地球年にして十五年ほど前のことだった。彼は地球の社会に溶け込もうとまじめに努力した。その努力はある程度の実を結んだと言わざるをえない。たとえばその十五年間、彼は役のつかない俳優のふりをして過ごしたが、これはじっさいよくあることである。

しかし、不注意からひとつ大失敗をしでかしている。事前調査を多少はしょったのがまずかった。収集した情報に基づき、このうえなく平凡な名前として「フォード・プリーフェクト」を選んでしまったのだ〔「プリーフェクト」は、フォード社がイギリス向けに製造・販売していた車の名前〕。

彼はとくべつ長身ではなく、顔つきは変わっていたものの、とくべつハンサムでもなかった。髪は巻き毛でちょっと赤みがかっていて、こめかみから後ろになでつけてある。皮膚は後ろに向かって鼻から引っぱられているようだ。なんとなくふつうと違う感じがするのだが、どこが違うかと言われるとよくわからない。あまり瞬きをしないように見えるからかもしれない。しばらく彼と話をしていると、そのせいでこっちの目が代わりに涙目になってくる。それとも、笑うときにほんの少し歯をむき出しにしすぎるからだろうか。いまにも喉くびに飛びかかってきそうで、なんだか落ち着かない気分になるのだ。

地球でつくった友人たちには、変人だが無害なやつと見られていた。つまり、酔っぱらうと手がつけられなくて、ちょっと変な癖のあるやつだと。たとえば、招《よ》ばれてもないのに大学のパーティにしょっちゅう押しかけて、浴びるほど飲んだあげくに宇宙物理学者をつかまえてからみだし、しまいにパーティ会場から放り出される破目になる。

ときには、奇妙に心ここにあらずというふうで、催眠術にでもかかったように空を一心に見つめていることもある。なにをしているのかとそんなときに尋ねられると、悪いことでもしていたようにぎくりとし、だがすぐに我にかえってにやにやしてみせる。

「いや、ちょっと空飛ぶ円盤を探してるんだ」とジョークを言い、するとだれもが笑って、どんな空飛ぶ円盤を探しているのかと尋ねる。

「緑のやつさ」と悪戯っぽくにやりとし、狂ったように笑いだしたかと思うと、手近の酒場に飛び込んで大量の酒を注文する。

そんな日の夜はたいていさんざんなことになる。フォードはウイスキーでぐでんぐでんになって、どこかの女をつかまえて酒場の隅に引っ込み、ほんとはどんな色の円盤だってかまやしないんだとまわらない舌で説明するのだ。

そのあと、夜の通りを千鳥足で歩きながら、通りかかった警官をつかまえては、ベテルギウスにはどう行けばいいのかと尋ねる。すると警官はたいてい「そろそろ家へ帰ったほうがいいんじゃないですか」というようなことを言う。

「だから、帰ろうとしてるんだよ」そんなとき、フォードは決まってそう答える。

実際のところ、ぼんやり空を見あげているときの彼は、空飛ぶ円盤ならなんでもいいから見えないかと探しているのだ。緑の円盤と答えるのは、ベテルギウスの市場偵察船の色が昔から緑と決まっているからだった。

フォード・プリーフェクトはわらにもすがる思いで、どんな円盤でもいいからすぐに来てくれないかと願っていた。十五年というのはどこへ流れ着いたにしても長い年月だが、それが気も遠くなるほど退屈な、地球のような星とくればなおさらだ。

いますぐ空飛ぶ円盤に来てほしいとフォードが思うのは、空飛ぶ円盤を停めて乗せてもらう方法を知っているからだ。一日に三十アルタイル・ドルもかけずに、宇宙の驚異を見てまわる方法を彼は知っているのだ。

知っているどころか、フォード・プリーフェクトは現地調査員——あのまったく驚くべき本、『銀河ヒッチハイク・ガイド』の現地調査員だったのである。

人類の適応能力は見あげたもので、アーサーの家の周囲でも、昼ごろには一定の手順ができあがっていた。アーサーが引き受けた役割は、泥まみれになって横たわり、ときどき弁護士とか母親を呼んでこいとか、面白い本を持ってこいと要求することだった。ミスター・プロッサーが引き受けたのはアーサーを説得するという役割で、公共の利益がどうしたとか、人類の輝かしい進歩がこうしたとか、わたしだって家を取り壊されたことがあるんですでもくよくよしたって始まりませんとか、そういうさまざまな甘言とか脅迫を持ち出してくることだ。そしてブルドーザーの運転手たちが引き受けた役割は、集まってコーヒーを飲みながら組合の規定を調べ、この状況を利用してふところを暖められないか考えることだった。

地球はゆっくりと日周運動を続けていた。

太陽はアーサーが横たわる泥を乾かしはじめていた。

影がひとつ、またアーサーのうえに落ちた。

「やあ、アーサー」影が言った。

アーサーは目をあげ、太陽に目を細めながら目を丸くしようとした。フォード・プリーフェクトがそばに立ってこちらを見おろしている。

「フォードじゃないか！　どう、元気か？」

「まあね」とフォード。「あのさ、いま忙しい?」

「忙しいかって?」アーサーは大声をあげた。「そりゃ、ブルドーザーが何台も来てるし、だからその前にこうやって寝ころがってるところなんだよ。でないと家を取り壊されちゃうんでね。そういう切羽詰まった状況だってことを別にすれば、とくに忙しくはないけどね。なんか用?」

ベテルギウスには皮肉というものが存在しないため、よほど気をつけていないとフォード・プリーフェクトはなかなか皮肉に気づかない。「そりゃよかった。どこかで話ができないかな?」

「はあ?」アーサー・デントは言った。

だが、フォードはなにも耳に入らない様子で、じっと空の一点を見つめていた。車に轢かれてくれようと身がまえているウサギのようだ。と、いきなりアーサーのわきにしゃがみ込んだ。

「話がしたいんだ」血相が変わっている。

「いいとも、聞こう」アーサーは言った。

「それに飲みたい。ものすごく重要なことなんだ、話をして酒を飲まなきゃならない。いますぐ。村のパブに行こう」

フォードはまた空をにらんだ。不安げに、なにかを待ち受けるように。

「なに言ってるんだ、目が見えないのか？」アーサーはわめいた。プロッサーを指さして、「あいつがぼくの家をぶっ壊そうとしてるんだぞ！」

フォードは面食らったようにプロッサーにちらと目を向けた。

「きみがいなくたって、家は壊せるだろ？」

「だから、壊されちゃ困るんだよ！」

「そういうことか」

「フォード、いったいどうしたんだよ？」

「なんでもない、どうもしてないよ。あのさ、聞いてほしいことがあるんだ。ものすごく重要なことなんだ。こんな重要な話は一度も聞いたことがないってぐらい重要なんだ。聞いてくれ、いますぐ。それも、〈ホース・アンド・グルーム〉亭で聞いてくれ」

「なんで？」

「絶対に酔っぱらわずにはいられなくなるからさ」

フォードはアーサーをひたと見つめていた。アーサーはと言えば、自分の意志がぐらつきはじめたので驚いていた。彼は気づいていなかったが、それは古くからある酒飲みのゲームのせいだった。フォードがこのゲームを覚えたのは、オリオン座ベータ星系のマドラン鉱採掘帯に向かう超空間《ハイパースペース》宇宙港でのことである。

地球の腕相撲に似ていなくもないゲームで、遊びかたはこうだ。

ゲームの参加者はふたり。テーブルに向かいあって着席し、それぞれ前にグラスを置く。

テーブルの真ん中には、ジャンクス・スピリット（オリオン座星域の古い鉱山歌に歌われて名高い酒だ――「もう注いでくれるな、ジャンクス・スピリット／頼む、もう注いでくれるな、ジャンクス・スピリット／頭はぐらぐら、舌はれろれろ、目玉はぐるぐる、おれはめろめろ／頼むから注いでくれもう一杯、罰あたりなジャンクス・スピリット」）のボトルを置く。

対戦者ふたりはボトルに意識を集中させ、念動力で傾けて相手のグラスに酒を注ぐ。注がれたら飲まなくてはならない。

ボトルが空になったら注ぎ足され、ゲームは再開される。あとはそのくりかえし。いったん負けだしたら、いつまでも負けつづけることになりやすい。ジャンクス・スピリットには念動力を弱める働きがあるからだ。

決まった量の酒が飲み尽くされたら、負けが決まったほうには罰ゲームが待っている。たいていは生物学的にわいせつな罰ゲームである。

フォード・プリーフェクトはいつも負けてばかりだった。

フォードにひたと見すえられるうちに、ひょっとしたら〈ホース・アンド・グルーム〉

亭に行くのも悪くないかもしれないとアーサーは思いはじめていた。

「だけど、家をどうしよう……?」情けない声で言った。

フォードはミスター・プロッサーを見やった。とそのとき、意地の悪いアイデアが浮かんだ。

「あいつがきみの家を取り壊そうとしてるわけ?」

「ああ、それでそのあとに……」

「だけど、きみがブルドーザーの前に寝っころがってるから壊せないわけだ」

「うん、それで……」

「たぶん取引ができると思う」とフォードは言い、「ちょっとすみません!」と大声を出した。

ミスター・プロッサー(彼はこのとき、ブルドーザーの運転手たちの代表者と議論をしていた。そのテーマは、アーサー・デントの存在が、組合の規定にある「精神衛生上の危険」に該当するかどうか、もし該当するとしたら運転手たちはいくら危険手当がもらえるかということだった)はこちらをふり向いた。アーサーに仲間ができたのを見て、驚くと同時にいささか警戒するふうだった。

「はい、なんです?」向こうも声を張りあげた。「ミスター・デントはもうお気がすみましたかね?」

「いまのところは、まだだってことにしておきましょうか」とフォード。

「そうですか」ミスター・プロッサーはため息をついた。

「それからもうひとつ、一日じゅうここにこうしてるつもりだってことにしておきませんか？」

「というと？」

「つまり、あなたたちは一日じゅうなにもできずに、そこにずっと突っ立ってることになるわけですよ」

「まあ、そうなるかもしれませんねえ……」

「どっちにしてもそうする気でいるんなら、そのあいだずっと彼がここに寝っころがってる必要はないわけでしょ？」

「はあ？」

「つまり、彼がここに寝っころがってる必要はないわけですよね」フォードは辛抱強くくりかえした。

ミスター・プロッサーは考え込んだ。

「それはまあ、そんな必要は……実際には……」ミスター・プロッサーは心配になってきた。理屈がわかっていないのはどっちだろうかと思った。

フォードは言った。「ということは、彼がここに寝っころがってるってことにしといてもらえれば、三十分ほど抜け出してパブに行ってこられるんですよ。でしょう?」

ミスター・プロッサーは、それはまったくすっとんきょうな話だと思った。

「それはまったく理にかなった話で……」励ますような口調で言いながら、いったいだれを励まそうとしているのだろうといぶかった。

「それに、あなたたちがあとで軽く一杯引っかけたくなったら、お返しにいつでも代役を務めてあげますよ」

「それはありがたい」ミスター・プロッサーは、怒っていいのか喜んでいいのかもうわからなかった。「助かりますよ、ご親切にどうも……」顔をしかめ、笑みを浮かべ、両方をいっぺんにやろうとして失敗し、毛皮の帽子をつかんで、頭にのせたままでためらに向きを変えた。よくわからないが、どうやら自分は勝ったらしいと思った。

フォード・プリーフェクトは続けた。「ですから、こっちへ来て代わりに寝っころがってくだされば……」

「はあ?」とミスター・プロッサー。

「これは失礼、どうもぼくの言いかたが不正確だったようだ。だって、だれかがブルドーザーの前に寝てなくちゃならないでしょう。でないと、ブルドーザーがミスター・デントの家に突っ込むのを阻止するものがなくなってしまう」

「はあ?」ミスター・プロッサーはまた言った。

「簡単なことですよ。ぼくの依頼人のミスター・デントは、泥のなかに寝るのはやめると言ってるんです。ただ、それにはひとつだけ条件がある。あなたがこっちに来て、彼の代役を務めることです」

「なんの話だ？」とアーサーは言ったが、フォードが靴の先でつついて黙らせた。

「それはつまり」プロッサーは、この理屈を自分に言い聞かせるようにゆっくりと言った。「わたしがそっちへ行って、そこに寝なくちゃならんというわけで……？」

「そうです」

「ブルドーザーの前に？」

「そうです」

「ミスター・デントの代わりに？」

「そうです」

「その泥のなかに」

「おっしゃるとおり、泥のなかに」

やっぱりほんとは自分が負けたんだと気がついたとたん、ミスター・プロッサーは肩の荷が降りたようだった。住み慣れた世界に戻ってきたような気がする。彼はため息をついた。

「その代わり、ミスター・デントをパブに連れてってくれるんですね？」

「そのとおりです」とフォード。「連れていきます」

ミスター・プロッサーはおどおどと何歩か前に出て、そこで足を止めた。

「たしかですね？」

「たしかです」フォードはアーサーに顔を向けた。「さあ、立てよ。あの人に代わってもらうんだから」

アーサーは、夢を見ているような気分で立ちあがった。

フォードが手招きすると、プロッサーは悲しげに、恐る恐る泥のなかに腰をおろした。自分の人生は最初から夢かなにかだったのではないだろうか。ときどき、その夢を見ているのはだれなのだろうと思うことがある。その人たちは面白がっているだろうか。泥が尻と腕を包み込み、靴のなかにしみ込んできた。

フォードは彼に鋭い目を向けた。

「まさか、ぼくらがいないすきに、ミスター・デントの家を勝手に取り壊したりしないでしょうね」

「とんでもない」ミスター・プロッサーは唸った。「そんなことが頭をちらとかすめる可能性だってぜんぜんなかったんですから」

ブルドーザーの運転手の組合代表が近づいてくるのを見て、彼は頭を泥に沈めて目を閉じた。頭のなかで自分の主張を整理しようとする。今度は、彼自身の存在が組合の規定にいう精神衛生上の危険に該当しないと証明しなくてはならない。だが、どうも確信が持てなかった。頭のなかに、騒音と馬と煙と血のにおいが渦巻いているようなのだ。落ち込んだときや、不当な扱いを受けたと感じたとき、なぜかかならずこういうことが起きる。なんでこうなるのか自分でもまったく見当がつかない。生身の人間にはうかがい知れない高い次元では、偉大なハーンが怒り狂って怒鳴りちらしていたが、ミスター・プロッサーはかすかに震えながら哀れっぽくうめくばかりだった。涙でまぶたの裏側が熱くなってきた。役所仕事はでたらめだわ、怒れる男は泥のなかに寝っころがるわ、理解不能の第三者に説明不能の侮辱を受けるわ、頭のなかの正体不明の騎馬軍団に嘲笑されるわ——なんという日だ。

なんという日だ。フォード・プリーフェクトにはわかっていた。アーサーの家がいま壊されようが壊されまいが、そんなことはディンゴの爪の先ほども問題ではないのだ。

あいかわらずアーサーは気を揉んでいた。

「だけど、あの男は信用できるのか?」

「ともかく、ぼくは信用できると思うね。少なくとも地球の終わりまでは」

「なあるほど」とアーサー。「で、それはどれぐらい先の話なんだ?」

「だいたい十二分後だ」フォードは言った。「行こう、飲まなきゃやってられない」

2

『ギャラクティカ大百科』の「アルコール」の項には、アルコールは無色の揮発性液体であり、糖分の発酵によってできると書かれている。そしてまた、特定の炭素系生物に酩酊作用をもたらすとも特記されている。

『銀河ヒッチハイク・ガイド』にもアルコールの項目はある。それによると、この世に存在する最高の酒は汎銀河ガラガラドッカンである。

この酒を一杯飲むのは、スライスレモンに包んだ大きな黄金のレンガで脳天をかち割られるようなものだという。

さらにまた、最高の汎銀河ガラガラドッカンが飲める惑星はどこかとか、一杯いくらで飲めるかとか、飲んだあとのリハビリを助けてくれるどんな任意団体が存在するかとか、そういうことも書かれている。

それどころか、自分でつくる方法すら書いてある。

まず、ジャンクス・スピリットをひと壜用意する。

そこにサントラジナス星系第五惑星の海水を適量——サントラジナスの海水と来

たら、と『ガイド』は言う。ああ、サントラジナスの魚と来たら‼

アークトゥルスの超強力ジンの角氷を三つ溶かす（ちゃんと氷らせたものを使うこと。でないとベンジンが抜けてしまう）。

フェイリアの沼気《しょうき》を四リットル溶かして泡立てる。フェイリアの沼沢地で快感に身を任せて命を落とした、幸福なヒッチハイカーをしのんで。

銀のスプーンの背に、クォラクティンの超絶ミントのエッセンスを適量垂らして浮かべる。あのほの暗いクォラクティン帯の、陶然たる香気のなかでもとくにかぐわしい香り——かすかに甘く神秘的な。

そこにアルゴルの太陽虎の牙を加える。牙が溶けて、アルゴルの太陽が奥底で燃え盛るのを眺めよう。

ザンフォアを一滴。

オリーヴを一個。

さあ乾杯……だが……少しずつ、慎重に……

『銀河ヒッチハイク・ガイド』は、あの『ギャラクティカ大百科』より売れているのである。

「ビターを六パイント」フォード・プリーフェクトは〈ホース・アンド・グルーム〉亭

の亭主に言った。「大至急頼むよ。地球の終わりが近いんだ」

〈ホース・アンド・グルーム〉亭の亭主にこんな口のききかたはない。彼は貫禄じゅうぶんの年配者だった。眼鏡を鼻のうえに押しあげ、フォード・プリーフェクトをじろりとにらむ。フォードはそれには気づかず、窓の外を一心に眺めている。亭主はそこでアーサーに目を向けたが、アーサーは困ったように肩をすくめて黙っている。

「ほう、そうですか。それにしちゃいいお天気ですな」と亭主は言って、パイントグラスを満たしはじめた。

「で、今日はこれから試合を見に行かれるんで？」

フォードはふり向いて亭主に目を向けた。

「いや、まさか」と言うなり、また窓の外を見やる。

「それはつまり、もう結果はわかってるってことですか」と亭主。「〈アーセナル〉〔ロンドンに本拠を置くプロサッカーチーム〕にはやっぱり勝ち目はありませんかね」

「いや、そうじゃなくて」とフォード。「ただ、地球がもうすぐ終わりだからさ」

「なるほど、さっきもそう言われましたな」と亭主は言って、今度は眼鏡越しにアーサーを見た。「とすりゃ、〈アーセナル〉は命拾いってわけだ」

フォードはまたふり向き、心底驚いて亭主を見つめた。

「いや、それは無理だよ」と言ってまゆをひそめた。

亭主は大きくため息をついた。「どうぞ、六パイントです」

アーサーは気弱な笑みを亭主に向け、また肩をすくめてみせた。ついでに、パブのほかの客たちにも気弱な笑みを向けておいた。いまのやりとりを聞いていた客がいるかもしれない。

だがそんな客はおらず、なんで彼がこっちを向いてにやにやしているのかわかった者はいなかった。

カウンターでフォードの隣に座っていた男が、男ふたりに六パイントと見てとり、頭のなかで高速演算をやってのけ、出た答えに満足し、期待に目を輝かせ、こっちに向かって間抜けなにやにや笑いを浮かべてみせた。

「手を出すんじゃない、ぼくらの酒だ」フォードは言って、アルゴルの太陽虎でもほかに用事を思い出しそうな目つきで男をにらんだ。

フォードは五ポンド札をカウンターにぴしゃりと置いて、「釣りは要らないよ」

「えっ、五ポンドで？　こりゃどうも、ご親切に」

「使う時間はあと十分しか残ってないけどね」

亭主はちょっとその場を外すことにした。

「フォード、いったいどういうことか説明してくれないか」アーサーは言った。

「飲めよ。三パイントは飲んどかないともたないぞ」

「三パイント?」アーサーは言った。「昼どきに?」

フォードの隣の男が、にやにやしながらうれしそうにうなずいた。フォードはそれを無視して言った。「時刻なんて幻想だよ。昼どきなんてのは二重に幻想だ」

「深遠だな」アーサーは言った。「いまの台詞、『リーダーズ・ダイジェスト』に送れよ。きみみたいな人間のためのページがあるから」

「いいから飲め」

「なんでいきなり三パイントなんだ」

「筋弛緩剤さ。必要になる」

「筋弛緩剤って?」

「筋弛緩剤だよ」

アーサーは自分のグラスを見つめた。

「なんかまずいことでもやったかな」彼はつぶやいた。「それとも世界はいつもこんなふうだったのに、ぼんやりしてて気づかなかっただけかな」

「わかったよ」フォードは言った。「説明するよ。ぼくらがつきあいだしてどれぐらいになる?」

「どれぐらいって……」アーサーは考えた。「そうだな、五年か、六年ぐらいかな。これまでは、そこそこまともなつきあいだったと思ってたんだが」

「よし、それじゃ訊くけど、じつはぼくはギルフォードの出身なんかじゃなくて、ベテルギウスの近くの小さい惑星の出だって言ったらどうする?」

アーサーはどっちつかずに肩をすくめた。

「さあね」と言ってビールをあおり、「なんでそんな——そういうことを言いたくなりそうな気がするわけ?」

フォードはあきらめた。いまとなってはどうでもいいことだ。なにしろ地球は終わりを迎えようとしているのだから。彼は言った。

「飲めよ」

それから、当たり前のことのように付け加えた。

「地球の最期は近いんだ」

アーサーはまたパブの客たちに気弱な笑みを向けた。客たちはみな顔をしかめてくる。にやにやするのはやめろ、人のことに首を突っ込むなと、ひとりの男がしっしっと手を振ってみせた。

「今日は木曜日だったよな」アーサーはビールに鼻を突っ込みながらつぶやいた。「木曜日はいつもろくなことがないんだ」

3

問題の木曜日、地球の表面からはるか上空の電離層を、あるものが静かに飛んでいた。正確に言うとそのあるものは複数で、というより何十もの数であり、巨大で黄色い分厚い板に似ていて、巨大なことはオフィスビルのよう、静かなことは鳥のようだった。一団をなして、軽々と空間を飛び、恒星ソルの電磁波を浴びながら、来たるべき時を待っている。その時に備えている。

下の惑星には、その存在に気づいている者はほとんどいなかった。いまのところ、それはかれらの目論見どおりだった。巨大な黄色のあるもの（複数）はグーンヒリーの衛星通信基地を気づかれないまま通過し、ケープ・カナベラル上空をレーダーに光点ひとつ残さずに飛び過ぎ、ウーメラのロケット基地もジョドレルバンクの天文台も、その存在を感知すらできなかった。これは残念なことだ。なぜならこれらの施設は、長年この「あるもの（複数）」のようなものを探し求めてきたからである。

かれらの到来を捕捉した場所がひとつだけあった。亜空間通信自動感知器《サブイーサ・センソマティック》という小さな黒い装置が、音もなくひっそりと点滅していたのだ。それはある革かばんのなかの暗がりに収まっていて、そのかばんはフォード・プリーフェクトがいつも肩から斜めに掛けている。ちなみに、フォード・プリーフェクトのかばんの中身はまことに興味深いものだった。地球の物理学者が見たら、例外なく目玉がぽんと飛び出しただろう。というわけで、彼は手垢のついた劇の台本を二、三冊、いつもそのうえにのせて隠していて、次にこの劇のオーディションを受けるのだというふりをしている。サブイーサ・センソマティックと台本のほかに、かばんには電子の親指も入っている。ずんぐりした黒い棒状の装置で、艶消しの表面はのっぺらぼうで、ただ一端にフラットスイッチとダイヤルがふたつ三つくっついている。そのほかに、やや大きめの電卓のような装置も入っていた。百個ほどの小さなフラットボタンと、およそ十センチ四方のスクリーンがついていて、いつでも無数の「ページ」のひとつを呼び出すことができるのだが、一見してあきれかえるほど複雑な装置に見える。ひとつにはそのせいもあって、この装置がぴったり収まるプラスティックのカバーには、大きな読みやすい文字で「**パニクるな**」と書いてある。これにはもうひとつ理由がある。この装置はじつは、小熊座の大出版社が出したうちで最も驚くべき本、すなわち『銀河ヒッチハイク・ガイド』なのだ。こういう超小型亜中間子的電子機器の形で出版されたのは、ふつうの本として印刷しようものなら、それを収めた巨大建造物を星間ヒッチハイカーはいくつも持ち歩くはめになり、それではあまりに不便だからである。

フォード・プリーフェクトのかばんに話を戻すと、この装置の下にはさらにボールペンが何本か、メモ帳が一冊、そして〈マークス・アンド・スペンサー〉百貨店の大きめのバスタオルが入っていた。

『銀河ヒッチハイク・ガイド』には、タオルに関してかなりくわしい記載がある。

それによると、星間ヒッチハイカーにとってタオルとは、持ち歩いてこれほどとてつもなく役に立つものはほかにないというほどお役立ちなものである。ひとつにはきわめて実用的な価値がある。ジャグラン座ベータ星の厳寒の衛星を渡り歩くときには、身体に巻きつけて暖をとれる。サントラジナス星系第五惑星では、輝かしい大理石の砂浜に敷いてそのうえに寝そべり、海の芳香を吸って陶然として過ごしてもいい。また、砂漠の星カクラフーンでは、赤々と輝く星の光のもと、タオルをかぶって寝ることもできる。ゆるやかに重く流れるモス川では、小さないかだに帆の代わりに張って川下りもできる。肉弾戦に巻き込まれたら、濡らして武器にもできる。顔に巻いて毒ガスよけにしたり、トラール星の貪食獣バグブラッターの視線よけにも使える（バグブラッターは気が遠くなるほど愚かな生きもので、獲物が目隠しをすると自分も目が見えなくなったと思い込むという習性がある。底抜けのばかだが、胃袋もまた底抜けである）。非常の際には救難信号代わりに振りまわすこともできるし、言うまでもないが、まだけっこうきれいなら身体を拭くのにも使える。

だがもっと重要なのは、タオルには非常に大きな心理的価値があるということだ。どういうわけかストラグ（ヒッチハイクをしない人のこと）は、ヒッチハイカーがタオルを持っていると知ると、とうぜん歯ブラシやハンカチや石けんや缶入りビスケットや酒壜や方位磁石や地図や裁縫道具や虫除けスプレーや雨具や宇宙服やその他もろもろも持っているはずと思い込む。そればかりか、タオルさえ持っていれば、ストラグはヒッチハイカーにその他十もの物品を喜んで貸してくれる。運悪く「失くした」のだろうと思ってくれるのだ。銀河を縦横にヒッチハイクしてきて、不便を忍び、ひもじい思いをし、たいへんな困難と闘ってそれを乗り越え、それでもなお自分のタオルのありかがわかっているぐらいだから、たいした人物なのはまちがいない、そう考えるのである。

かくして、このような語句がヒッチハイカーのスラングに加わることになった――「いよう、フォード・プリーフェクトってフーピイをサスってる？　あいつはフルードだぜ、自分のタオルのありかがちゃんとわかってる」（フーピイ：じつにいかしたやつの意。サスる：知る、気づく、会う、～とセックスをするの意。フルード：じつにまったくもっていかしたやつの意）

フォード・プリーフェクトのかばんのなか、タオルのうえに静かにのって、サブイーサ・センソマティックの点滅が激しくなってきた。惑星表面から何キロもの上空で、巨大な黄色のあるもの（複数）が散開しはじめた。ジョドレルバンクの天文台では、そろそろお茶でも入れてひと息つこうとだれかが思っていた。

「タオルを持ってるか？」フォードがふいにアーサーに尋ねた。

アーサーは三パイントめを飲み干そうと四苦八苦していたが、そこでフォードに顔を向けた。

「なんで？　いや……持ってないとまずいの？」驚くのはとっくにやめていた。もうなんの意味もないような気がしたのだ。

フォードはいらだって舌打ちをした。

「飲めよ」とせかす。

とそのとき、戸外でゴロゴロドシンと鈍い音が響いた。パブの低いざわめきを貫き、ジュークボックスの音楽を貫き、とうとうフォードからウイスキーをせしめたフォードの隣の男のしゃっくりの音さえも貫いて、その音は伝わってきた。

アーサーはむせそうになり、あわてて立ちあがった。

「なんの音だ？」彼は叫んだ。

「大丈夫さ」フォードは言った。「まだ始まりゃしない」

「なんだ、そうか」アーサーはほっと肩の力を抜いた。

「たぶんきみの家を取り壊してるだけだろう」フォードは最後の一パイントをのどに流し込んだ。

「なんだって？」アーサーは叫んだ。とたんにフォードの魔法が解けた。アーサーは血走った目であたりを見まわし、窓に駆け寄った。

「ちくしょう、やりやがった！　取り壊してやがる。フォード、ぼくはいったいパブなんかでなにをやってるんだ？」

「いまさらじたばたしたってしょうがないよ」フォードは言った。「気分よくやらせとけよ」

「気分よく？」アーサーはわめいた。「気分よくだと！」もういちど窓の外をちらと眺め、自分の見まちがいでないことを確かめた。

「あいつらの気分なんか知るか！」彼はわめき、ほとんどからのグラスを振りまわしながら、血相変えてパブから飛び出していった。この昼どきのパブで、彼によい印象を持った人間がひとりもいなかったのは想像にかたくない。

「やめろ、この野蛮人！　人の家をぶっ壊しやがって！」アーサーはわめきつづけた。

「頭のいかれた蛮族ども！　やめろ！　やめないか！」

追いかけないわけにはいかない。フォードは急いでパブの亭主に顔を向け、ピーナツを四袋注文した。

「はいどうぞ」亭主はカウンターにピーナツの袋を無造作に置き、「すみませんが、あと二十八ペンスいただきます」

二十八ペンスどころか、フォードはまた五ポンド札を差し出して釣りは要らないと言った。亭主は札を見、フォードを見た。ふいに震えが走った。その瞬間に身内に湧きあがった感覚が、亭主にはまったく理解できなかった。というのも、それは地球上ではだれひとり経験したことのない感覚だったからだ。激しいストレスにさらされたとき、生物という生物は識閾下《しきいき》からごくかすかな信号を発する。この信号が伝えるのは、その生物が生まれ故郷からどれほど遠く離れているかという正確な、痛ましいほどの距離感である。地球上では、生地からどんなに離れても二万六千キロがせいぜいだし、これはじつは大した距離ではないから、信号はあまりにかすかでまず感じとれない。だが、フォード・プリーフェクトはこのときたいへんなストレスにさらされていた。そして、彼の生まれ故郷は六百光年もかなたのベテルギウスのすぐ近くである。

理解できない距離感に圧倒されて、亭主は一瞬めまいがした。その意味するところはわからなかったが、尊敬の念、というよりほとんど畏敬の念をこめて、彼はフォード・

プリーフェクトを見なおした。

「ほんとなんですか?」ささやくような声で言った。その口調に、パブがふと静まりかえった。「ほんとに地球の終わりは近いんですか」

「ああ」フォードは言った。

「でも、まさか今日の午後だなんて」

フォードはすでに気をとりなおし、いまは無頓着このうえない気分になっていた。

「そのまさかなんだよ」とあっさり答えた。「あと二分ないと思うね」

亭主は、自分がこんな話を人とすることがあろうとは夢にも思わなかった。しかしそれを言うなら、さっきのあの感覚も経験することがあろうとは夢にも思わぬ感覚だった。

「もうどうしようもないんですか」

「うん、ないね」フォードは言って、ピーナツをポケットに詰め込んだ。

静まりかえったパブのなかで、いきなりだれかがげらげら笑いだした。こんな話を真に受けるなんてどうかしている。

フォードの隣席の男は、このころにはだいぶできあがっていた。焦点の定まらない目がゆるゆるとフォードに近づいていく。

「世界が終わりかけてるときにゃ、床に寝そべるとか、紙袋を頭にかぶるとかするんじゃなかったっけ」

「お好きにどうぞ」フォードは言った。

「軍隊でそう習ったんだけどな」男の目は、ウイスキーのグラスまでの長い道のりを引き返しはじめた。

「役に立ちますか？」亭主が尋ねた。

「ぜんぜん」フォードは愛想のよい笑顔になって、「失礼、そろそろ行かなくちゃ」と手を振って出ていった。

その後もパブはしばらくしんとしていたが、いかにも気まずいことに、先ほどげらげら笑った男がまた笑いだした。付き合わされてパブについてきた女は、この一時間ですっかり男を嫌いになっていた。だから、あと一分半かそこらで彼が一瞬にして蒸発し、水素とオゾンと一酸化炭素の煙に変わると知ったらさぞかしうれしかっただろう。もっともその瞬間が来たときには、彼女のほうも蒸発するのに忙しくてそれには気づかなかっただろうが。

亭主は咳払いをした。自分でも気づかないうちにこう言っていた。「最後のご注文《ラストオーダー》をどうぞ」

巨大な黄色い機械は下降しはじめ、それとともに速度をあげた。

フォードはその存在に気づいていた。彼が望んでいたのはこんな事態ではなかったのだが。

小道を走るアーサーは、すでにわが家のそばまでやって来ていた。急に寒くなったのにも気づかなかったし、妙な風にも気づかなかったし、突然の異常なにわか雨にも気づかなかった。気づいていたのは、キャタピラ社製ブルドーザーが、かつて彼の家だった瓦礫のうえをのそのそ動きまわっているということだけだった。

「この人でなし！　訴えてやる！　市の金を一ペニー残らず巻きあげてやる！　おまえらみんな縛り首にして、腹を引き裂いて、八つ裂きにしてやる！　それから鞭打ちにして、釜茹でにして……それから……それから……もういやってほどの目に遭わせてやる！」

フォードはアーサーを追いかけて走った。飛ぶように走った。

「そのあともう一回最初からやってやる！」アーサーはわめいた。「それが済んだら、ばらばらの死体をかき集めてそのうえで飛びはねてやる！」

アーサーは気づいていなかったが、作業員たちはみなブルドーザーを捨てて逃げ出していた。ミスター・プロッサーは空を見あげておろおろしている。ミスター・プロッサーが見ていたのは、雲を突き破って轟音とともに降りてくる巨大な黄色いもの（複数）だった。ありえないほど巨大な黄色いもの（複数）。

「いつまででも飛びはねてやる！」アーサーはあいかわらずわめきながら走っていた。「足にまめができるまで、もっと不愉快なことを思いつくまで、それで……」

アーサーはつまずき、派手にぶっ倒れて引っくりかえり、地面に仰向けになった。そこでようやく、なにかが起きているのに気づいた。さっと真上を指さし、「なんだありゃ？」と金切り声をあげた。

そのなんだかわからないものは、怪物じみた黄色さで空を飛び過ぎていく。気もひしゃげそうな轟音をあげて空を引き裂き、たちまちかなたへ飛び去っていく。あとに残された真空に空気が殺到し、その衝撃音で耳が二メートルも頭蓋骨にめり込みそうだった。続いて同じものがやって来て、またまったく同じことが起きた。ただ、今度のほうがもっとやかましかった。

このとき惑星上の人々がなにをしていたか、正確に描写するのはむずかしい。というのも、人々は自分がなにをしているのか自分でもよくわかっていなかったからだ。なにをしているにしても大して意味はなかった。家に逃げ込んでも、家から逃げ出しても、轟音に向かって自分にも聞こえない声を張りあげても。轟音が降りてくると、世界じゅうどこでも都市の通りは人であふれ、車は横すべりして互いに突っ込みあった。やがて轟音は津波のように山を越え谷を越え、砂漠を越え海を越え、出会うものすべてをなぎ倒していった。

たったひとりだけ、立って空を見あげている男がいた。彼の目には底知れない悲しみが、耳にはゴムの耳栓があった。いまなにが起きているのか、彼は正確に理解していた。それを知ったのは、枕もとに置いたサブイーサ・センソマティックが真夜中に点滅しはじめたときだ。彼は驚いて目を覚ました。この長い年月、それは待ちに待った瞬間だった。しかし、狭く暗い部屋にひとり座って信号パターンを解読したとき、冷たいものが背筋を走り、また心臓をわしづかみにした。この広い広い銀河に、惑星・地球に押しかけてきそうな種族はいくらでもいるじゃないか。なにもヴォゴン人じゃなくたっていいじゃないか。

それでも、やるべきことはわかっていた。はるか頭上をヴォゴン人の船が絶叫とともに飛び過ぎたとき、彼はかばんを開いた。『ヨセフと不思議なテクニカラーのドリームコート』の台本を投げ捨て、『神の御言葉《ゴッドスペル》』の台本を投げ捨てた〔どちらも聖書を題材にとったミュージカル〕。これから行くところでは必要ない。用意は整っている。準備万端怠りなしだ。タオルのありかはちゃんとわかっている。

突然の静寂が地球を襲った。どちらかと言えば、それは先ほどの騒音より不気味だった。しばらくはなにも起きなかった。

地球上のあらゆる国の上空に、堂々たる船がじっと浮かんでいた。微動だにせず浮かぶ船は、巨大で重くて空中に静止していて、自然法則をすべて無視していた。いま目にしているものを理解しようとして、多くの人々がそのとたんにショック状態に陥った。船が空中に浮かんでいるさまは、レンガが絶対に浮かばないさまにそっくりだった。

時間ばかりが過ぎていく。

そのとき、かすかなささやきが聞こえた。突然の空間のささやき、開けた場所の環境音だった。世界じゅうのハイファイ装置の、ラジオのテレビの、カセットレコーダーの、低音用・高音用スピーカーの、世界じゅうの中距離増幅器の、すべてのスイッチがひとりでに入った。

空き缶が、ブリキのバケツが、窓が車が、ワイングラスが錆びた金属板が、すべて音響的に完璧な共鳴板に早変わりした。

最期を迎える前に、地球は究極の音響再生装置に変わった。かつて建造された最大の拡声器に。しかし、流れたのはコンサートでも音楽でもファンファーレでもなく、ただのそっけないメッセージだった。「地球のみなさんに申し上げます」その声はすばらしかった。すばらしい完璧な四チャンネルステレオサウンドで、ひずみ率は泣く子も黙る低さだった。

「こちらは銀河超空間土木建設課のプロステトニック・ヴォゴン・ジェルツです」声は続けた。「すでにお気づきと思いますが、銀河外縁部開発計画に基づき、この星系を通る超空間高速道路の建造が不可欠となりました。まことに遺憾ながら、地球は取り壊し予定惑星のひとつになっております。工事は地球時間にして二分足らずで完了の予定です。以上です」

拡声器は黙り込んだ。

理解できないままに、空を見あげる地球人に恐怖がのしかかってきた。集まった群衆のあいだを恐怖が徐々に移動していくさまは、鉄粉を撒いた紙の下で磁石を動かしているようだった。ふたたびパニックが噴きあがってきたが、絶望に駆られて逃げ出そうにも、逃げる場所はどこにもない。

それを見てとって、ヴォゴン人はまた拡声器のスイッチを入れた。

「いまごろ大騒ぎしてなんになる。設計図も破壊命令も、最寄りの土木建設課出張所に貼り出してあっただろう。アルファ・ケンタウリの出張所に地球年にして五十年も前から出てたんだから、正式に不服申立をする時間はいくらでもあったはずだ。いまごろ文句を言うのはいくらなんでも遅すぎる」

拡声器はまた沈黙し、その残響が大地のうえを漂っていった。巨大な宇宙船は空に浮かんだまま、やすやすと、ゆっくりと方向転換をした。各船の下腹のハッチが開いた。四角い黒い穴がぽっかりと口をあける。

どうやらどこかのだれかが無線送信機に張りつき、周波数を割り出してヴォゴン船にメッセージを返信しはじめたようだ。たぶん地球の命乞いをしたのだろう、なんと言ったのかはわからないが、それに対する返答だけは聞こえてきた。拡声器がいきなり息を吹き返したのだ。声はいらだっていた。

「ばかな、アルファ・ケンタウリに行ったことがないだと？　まったくなにを言い出すやら、たった四光年しか離れていないではないか。気の毒だが、自分の住む宙域の問題には気をつけておくべきだったな」

「破壊光線作動」

開いたハッチから光があふれ出してきた。

「やれやれ」拡声器の声が言った。「怠惰などうしようもない星だ。なんの痛痒《つうよう》も感じんね」拡声器は切れた。

身の毛もよだつ、恐ろしい静寂。

身の毛もよだつ、恐ろしい轟音。

身の毛もよだつ、恐ろしい静寂。

ヴォゴン土木建設船団は、星の輝く暗黒の虚無に去っていった。

4

銀河のはるか反対側の渦状腕、恒星ソルから五十万光年のかなたで、銀河帝国大統領ゼイフォード・ビーブルブロックスはダモグラン星の海をすっ飛ばしていた。イオン駆動デルタ快速艇が、ダモグラン星の太陽の光を受けてきらきらとまぶしく輝いていた。ダモグラン星は暑い星だ。しかも辺境の星だ。おまけにほとんどだれもその名を聞いたことがない。

このダモグラン星で、〈黄金の心〉号は秘密のうちに誕生した。

艇は水上を快調に飛ばしていく。それでも目的地まではもうしばらくかかる。というのも、ダモグランは厄介な地形の惑星なのだ。中ぐらいの島とか大きな島があるばかりで、おまけにその島はみんな砂漠の島だ。そのうえ、島と島とを隔てて、たいへんに美しい、しかしいやみに大きな海が広がっている。

艇は快調に飛ばしていく。

このなにかのいやがらせのような地形のせいで、ダモグランは昔から無人の惑星だった。だからこそ、銀河帝国政府は〈黄金の心〉号プロジェクトのためにダモグランを選んだのだ。というのも、ここはそれぐらい辺境で、〈黄金の心〉号プロジェクトはそれぐらい秘密だったからである。

風を切り波を切って快速艇は進む。多少なりと使えるサイズの列島はこの惑星全体でただひとつしかなく、快速艇はいま、その列島の主島ふたつを隔てる海を渡っている。ゼイフォード・ビーブルブロックスは、イースター島（この名はまったく無意味な偶然の一致にすぎない。銀河帝国公用語では、イースターとは小さくて平らで明るい茶色という意味である）のちっぽけな宙港から、〈黄金の心〉号の島（これまた無意味な偶然で、この島の名はフランスという）に向かっているところだった。

まったく無意味な偶然が続くのは、〈黄金の心〉号開発の副産物のひとつだった。

しかし、これはどの点から見ても偶然ではなかった——今日という日、このプロジェクトの結実の日、輝かしいお披露目の日、〈黄金の心〉号がついにベールを脱いで銀河を驚嘆させる日は、ゼイフォード・ビーブルブロックスにとっても輝かしい目標達成の日だった。大統領選に出馬しようと決めたのはこの日のためだった。彼がその決意を表明したときには、銀河帝国の隅から隅まで驚愕の衝撃波が駆けめぐったものだ。ゼイフォード・ビーブルブロックスが？　大統領に？　まさかあのゼイフォード・ビーブルブロックスが、まさか帝国の大統領に？　これをもって、世にありとある生物がついにトチ狂ったことの動かぬ証拠、と考える者は少なくなかった。

ゼイフォードはにやりとして、さらに艇のスピードをあげた。

ゼイフォード・ビーブルブロックス——冒険家、もとヒッピー、プレイボーイ、(ペテン師？　大いにありうる)、正気を疑うほどの自己顕示欲の塊、人に合わせるということがまったくできず、頭のネジが完全に飛んでいるとさえしばしば評される男。

それが大統領に？

だれもトチ狂っていたわけではない。少なくとも言われている意味では。銀河系統治の原理原則を理解している者は、この広大な銀河系にたった六人しかいない。ゼイフォード・ビーブルブロックスが大統領選に出馬すると表明したとき、当選は決まったも同然とその六人は知っていた。なにしろ大統領にうってつけの素材だったからだ。*

*大統領——正式名称は銀河帝国大統領。

帝国の語は残っているが、いまではもう時代錯誤だ。世襲の皇帝は危篤状態で、しかもその状態が何世紀も前から続いている。死亡直前の昏睡状態でステーシス・フィールドに閉じ込められ、以来その状態のまま永遠不変に維持されているのだ。皇位継承権者はとっくに死に絶えており、したがって劇的な政治的変動などなにもなく、権力はただ梯子段を一段か二段くだってうまく落ち着き先を見つけた。いまその権力を握っていると見なされているのは、かつてはたんに皇帝のアドバイザーを務めていた集団、すなわち選挙で選ばれる帝国議会だった。そしてそれを率いるのが、帝国議会が選ぶ帝国大統領である。だが実際には、権力はそんなところにはなかった。

とくに大統領は百パーセントお飾りと言ってよい。権力と名のつくものはなにひとつ持っていない。見たところ議会によって選ばれているようではあるが、大統領に要求される資質は指導力ではなく、計算ずくでちゃらんぽらんをやる能力である。だからこそ、選ばれるのは決まってなんであんなやつがと言われる人物であり、人を逆上させると同時に魅きつけもする人物なのだ。大統領の仕事は権力をふるうことではなく、権力から人の目をそらすことだ。その基準から言えば、ゼイフォード・ビーブルブロックスは、かつて銀河帝国に現れたまず最高の大統領のひとりだった。すでに詐欺で有罪を宣告され、大統領になってからの十年のうち二年を刑務所で過ごしているぐらいだ。大統領も帝国政府も実際にはなんの権力も持っていない、そう気づいている者はごく少数である。そしてその少数者のうちでも、究極の政治権力がどこにあるのか知っているのは六人だけだった。そのほかの少数者はたいてい、究極の意思決定はコンピュータに任されているのだろうとひそかに考えていたが、それは見当外れもいいところだった。


しかし、その六人もまったく理解していなかったことがある。ゼイフォードがなぜ出馬したのかということだ。

急カーブを切ると、快速艇は太陽に向かって盛大に水の壁を噴きあげた。

今日がその日だ。今日こそは、ゼイフォードがなにをねらっていたのかその六人が知ることになる日だ。今日という日のために、ゼイフォード・ビーブルブロックスは大統領になったのである。今日はまた彼の二百歳の誕生日でもあったが、こちらは例の無意味な偶然のひとつにすぎなかった。

ダモグラン星の海をすっ飛ばしながら、彼はひとりほくそ笑んだ。今日はとびきりエキサイティングな日になるだろう。ゆったりとくつろいで、二本の腕を広げて座席の背もたれに遊ばせる。艇の操縦はもう一本の腕でこなしていたが、この腕は先日、スキーボクシング上達のために右腕のすぐ下に取り付けたものだった。

「いや、今日のおれはめちゃくちゃに決まってるぜ」と自分で自分にささやいた。だがじつのところ、彼の神経は犬笛よりも甲高い声で絶叫していたのだ。

フランス島は長さおよそ三十キロ、なかほどの幅はおよそ八キロ、三日月形の砂地の島だった。じつのところ、島として存在しているというより、広い入江のなめらかな曲線を描くために存在しているように見える。その印象をますます強めるかのように、三日月の内側の海岸は、ほぼ端から端まで切り立った断崖絶壁になっていた。断崖を越えるとその先はだらだらの下り坂で、それが反対側の海岸まで八キロほどずっと続く。

その断崖のてっぺんに歓迎委員会の面々が立っていた。

大多数は〈黄金の心〉号を建造した技術者や研究者だった。ほとんどがヒト型生物だが、あちこちに爬虫類型の原子取扱技術者が混じっているほか、緑色の妖精型の超巨数学者が二、三人、蛸型の物理構造学者がひとりかふたり、それにフルヴーもひとりいた（フルヴーとは、超知性を備えた青い色である）。フルヴーのほかは全員、極彩色の礼装用実験服で着飾っていたし、フルヴーもこの儀式のために一時的に光を屈折させて、自立型のプリズムに変身していた。

全員が極度の興奮に包まれていた。かれらは力を合わせて物理法則のぎりぎりの限界に達し、それを乗り越え、基本的な物質の構造を組み立てなおし、可能性と不可能性の法則をたわめ、ねじり、打ち壊してきた。にもかかわらず、オレンジ色の飾り帯を掛けた男に会うのは、やはりなににも増してエキサイティングなことらしい（銀河帝国大統領は、伝統的にオレンジ色の飾り帯を身につけることになっている）。銀河帝国大統領の権力が実際にはどの程度のものか知ったとしても、かれらは大して気に留めなかったかもしれない。どの程度かというとまったくゼロである――この広い銀河系にそれを知る者はたった六人しかいないが、じつは銀河帝国大統領の仕事は権力をふるうことではなく、権力から人の目をそらすことなのだ。

そしてその仕事に関しては、ゼイフォード・ビーブルブロックスはまさに達人の域に達していた。

集まった人々は息を呑んだ。まばゆい陽光と冴えた操艇に目がくらむ。大統領の快速艇は猛然と岬をまわって入江に入ってきた。艇体をひらめかせ輝かせて、派手に横すべりしつつターンして海面を渡ってくる。

快速艇はイオン化原子の蒸気のクッションに支えられているのだから、実際には波を蹴立ててくる必要はない。水中に降ろせる薄いフィンが取り付けてあるのは、ただ演出効果のためだけだった。フィンは水を切って空中にしぶきの幕をつくり、海面に深いみぞを刻む。激しくかき乱された海面が収まったときには、入江を疾走する艇の後ろに泡の航跡が描かれているという寸法だ。

ゼイフォードは派手なパフォーマンスに目がなかったし、それがなにより得意だった。舵輪をすばやく切ると、快速艇は海をなぎ払うように大きく横すべりして旋回し、断崖絶壁の下、激しく砕ける波のうえにふわりと停まった。

またたくまに彼は快速艇のデッキに駆けあがってきて、三十億を超す人々に笑顔で手を振った。三十億人が実際にここに来ているわけではない。へつらうように近くの空中に浮いている小型3Dロボットカメラの目を通して、彼の一挙手一投足を見守っているのだ。大統領のパフォーマンスを収めた3D番組は、いつもすばらしい高視聴率を記録する。そのためのパフォーマンスなのだ。

彼はまたにやりと笑った。三十億と六人は知らなかったが、今日はだれも予想しなかった前代未聞のパフォーマンスの日になるのだ。

ふたつある顔のうち人気のあるほうをクローズアップしようと、ロボットカメラが近づいてきた。彼はまた手を振った。姿形はおおむねヒト型だが、ちがうのは、頭がふたつに腕が三本あることだ。乱れた金髪はあっちこっちに突き出し、青い目にはまったく正体不明の光が宿り、あごにはたいていいつも無精ひげを生やしている。

快速艇とならんで、高さ六メートルの透明な球体が海面に浮かんでいた。波に揺られては弾み、まぶしい陽光を受けて輝いている。そしてそのなかに浮いているのは、真紅の革で張りぐるみにした大きな半円形のソファだった。球体が上下左右に揺れれば揺れるほど、ソファはいよいよ完璧に静止して、動かざること張りぐるみの岩のごとしだった。これまた、その目的はまず第一に演出効果だ。

ゼイフォードは球体の壁を通り抜けてなかに足を踏み入れ、ソファにゆったりと腰をおろした。二本の腕を広げて背もたれに預け、三本めで膝の埃を払う。ふたつの頭であたりを見まわして微笑み、両足をあげてソファにのせた。内心ではいまにもわめきだしそうな気分だった。

球体の下で水が沸騰しはじめた。水は逆巻き、噴きあがる。球体は空中に持ちあげられ、水柱のうえで上下左右に揺れている。いよいよ高くせりあがり、断崖に光の柱を投げる。水はジェット噴射となって球体を支え、やがて落ちては数百メートル下の海面を激しく叩く。

ゼイフォードは自分の姿を思い描いて笑顔になった。

あきれるほど無意味で、あきれるほど美しい移動手段だ。

崖のてっぺんに達すると、球体はためらうように震え、やがて斜路のレールのうえに降り立ち、ころころと転がって、小さくくぼんだプラットフォームで思わせぶりに止まった。

割れるような喝采のなか、ゼイフォード・ビーブルブロックスは球体から足を踏み出した。オレンジ色の飾り帯がまぶしく輝く。

銀河帝国大統領の登場だ。

喝采がやむのを待って、片手をあげて挨拶した。

「やあ」

政府の蜘蛛がするすると近づいてきて、用意した演説原稿のコピーを彼の手に押し込もうとした。いっぽうオリジナル原稿のほうは、三枚めから七枚めまでは入江から八キロほど離れた沖合に浮かび、このころにはダモグランの海水をたっぷり吸い込んでいた。一枚めと二枚めはダモグランオオカンムリワシに拾われて、もうこのワシの巣の一部になりはてていた。ちなみに、それはこのワシが発明したまったく新しい形の巣であり、原材料はおもにコンクリ紙なので、ヒナが卵からかえっても外に出ることはまず不可能だった。このダモグランオオカンムリワシも、種の保存という話を聞いて知ってはいたが、自分にはまったく関係ない話だと思っていた。

演説原稿など必要になるはずがない。蜘蛛が差し出してきた原稿を、ゼイフォード・ビーブルブロックスはさりげなくわきへどかした。

「やあ」彼はまた言った。

全員が満面の笑みをこちらに向けていた——少なくとも、ほとんど全員が。人波のなかに彼はトリリアンの顔を見つけた。ほんの退屈しのぎにお忍びで訪れた惑星で、ゼイフォードが見つけて連れてきた娘だ。細身で色浅黒く、ヒト型で、波打つ長い黒髪、豊かな唇、小さく盛りあがった変わった鼻に、あり得ないほど美しい茶色の目をしていた。赤いスカーフを頭に巻いたその巻きかたと、ゆったりと長い茶色のシルクのドレスのせいで、どことなくアラブ人のように見えた。もっとも、アラブ人を知っている者がここにひとりでもいるわけではもちろんない。アラブ人はつい最近この世に存在しなくなったが、存在していたときでも、それは五十万光年もかなたの話だった。トリリアンは特別な存在ではない、というか、少なくともゼイフォードはそう言っていた。ただかなり頻繁に彼とデートしていて、彼のことをどう思っているか伝えているというだけだ。

「やあ、ハニー」彼はトリリアンに言った。

彼女はちらと堅苦しい笑みを浮かべたが、すぐに横を向いてしまった。思いなおしてまたふり向き、もっと親しげな笑みを浮かべたときには、ゼイフォードはもう彼女を見ていなかった。

「やあ」と次に声をかけたのは、彼の近くに寄り集まって立っている報道陣の生物たちだった。いつまでもやあやあ言っていないで、さっさと記事になりそうなことをしゃべってくれないかと待ちかまえている。彼はそちらに向かって特別に笑ってみせた。ニュースになる台詞なら、まもなくこれ以上ないやつをプレゼントしてやるからな。

しかし、次に彼が口にした言葉にはまったく報道価値がなかった。歓迎委員会の役員のひとりがしびれを切らしていた——大統領に読ませるためにせっかく美しく仕上げた演説原稿なのに、それを読む気が彼にはまったくないらしい。というわけで、役員はポケットに忍ばせたリモコンのスイッチを入れた。前方遠く、空に突き出した巨大な白いドームの中央にひびが入ったかと思うと、ドームはそこからふたつに分かれて、ゆっくりと地面にたたみ込まれていった。だれもが息を呑んだ。自分たちでそうなるように建造したのだから、そうなることはよくわかっていたのに。

その下から現れたのは、覆いをとりのけられた大きな宇宙船だった。全長百五十メートル、なめらかなランニングシューズのような形で、色は純白、気も遠くなるほど美しかった。中心部には小さな黄金の箱が隠されており、そのなかに入っているのは、これほど脳みそを絞らされた装置はかつてないというほどの装置である。この宇宙船が銀河の歴史始まって以来の特異な船なのも、この船がその名をもらったのも、この装置——「黄金の心」のためだった。

「すげえ」〈黄金の心〉号を見て、ゼイフォード・ビーブルブロックスは言った。それしか言葉にならなかったのだ。

報道陣がいらだつとわかっていて、彼はわざとくりかえした。「すげえ」

人々はふり向き、期待に満ちた目を向けてきた。トリリアンにウインクすると、彼女はまゆをあげ、目を丸くしてみせた。彼がなにを言うつもりか知っていて、なんて目立ちたがり屋だろうと思っていたのだ。

「まったく感動的だ」彼は言った。「まったく、すばらしく感動的だ。ここまで感動的に感動的だとかっぱらいたくなるぜ」

あっぱれ大統領、まことに大統領にぴったりの台詞だった。人々はうれしそうに笑い、報道陣は嬉々として亜空間通信自動報道機《サブイーサ・ニューズマティック》のボタンを押し、大統領は歯をむき出してにやりとした。

顔はにやにやしていたが、心臓は耐えがたいほどの悲鳴をあげている。彼はポケットに手を入れ、なかに忍ばせた小さな自動神経麻痺爆弾《パラライゾマティック》に指を触れた。

もうこれ以上は耐えられない。ふたつの頭を空に向け、長三度で猛々しい雄叫びをあげると、地面に爆弾を投げつけた。投げつけるなり走りはじめた。一瞬にして凍りついた晴れやかな笑顔の海をかきわけて、彼はまっしぐらに走っていく。

5

プロステトニック・ヴォゴン・ジェルツは、目に快い眺めではなかった。ほかのヴォゴン人にとってすらそれは同じだった。豚のように狭いひたい、大きく盛りあがった鼻はそのひたいより高い位置についている。暗緑色のゴムのような皮膚は分厚く、行政府のヴォゴン人どうしの権謀術数にも、びくともどころかぴくりともしないほどである。おまけに完全防水なので、三百メートルの深海に延々潜っていても困らないぐらいだ。

もちろん、彼は海水浴に行ったりはしない。スケジュールがぎっしり詰まっていてそんなひまはないのだ。彼がこんなふうである理由は何十億年も前にさかのぼる。惑星ヴォグスフィアのどろどろした原始の海から、初めてヴォゴン人が這いあがってきて、若い惑星の若い海岸にのびてぜいぜい息をあえがせていたとき……そしてその朝、明るく若い太陽ヴォグソルの光が初めてかれらを照らし出したとき、即刻その場で進化の力に見切りをつけられたかのようだった。進化はぞっとして顔をそむけ、醜い不幸な失敗作としてかれらを登録抹消してしまったらしい。ヴォゴン人はそれ以上進化しなかった。生き残るはずではなかったのだ。

それなのに生き残ったわけだから、虚仮《こけ》の一念と鈍重な脳みそに恵まれたこの生物ならではの、想像を絶するしぶとさの勝利と言ってよいだろう。**進化？**　かれらはつぶやく。**進化がなんだ。**自然が与えてくれなかったものはあっさりなしですませ、甚だしく不都合な身体的欠陥はしまいに手術で矯正できるようになった。

いっぽう、惑星ヴォグスフィアの自然は、最初の大ポカを取り返すべく超過勤務までこなしてがんばっていた。きらめく宝石をちりばめたハシリガニが生まれたが、ヴォゴン人は金槌でその甲羅を割って食べた。すらりと高くそびえる樹木はため息が出るほど細く色あざやかだったが、これをヴォゴン人は切り倒してカニの肉を焼くのに使った。優美なガゼルに似た生物は絹糸のような毛並みと優しい目をしていたが、ヴォゴン人はそれをつかまえてまたがった。背骨がすぐに折れてしまうので輸送手段としては役に立たないのに、それでもヴォゴン人はまたがった。

かくして惑星ヴォグスフィアは不幸な数千年を過ごしたが、やがてヴォゴン人はいきなり星間旅行の原理を発見した。ヴォグ年にして数年で、ヴォゴン人はひとり残らず故郷をあとにし、銀河系の行政の中枢である大ブランティス星群に移住した。そしていまでは、銀河帝国の官僚機構においてとりわけ強力な屋台骨を構成している。ヴォゴン人は教養を身につけようとし、上品さと社交術を身につけようとした。しかし、ほとんどすべての面において、現代のヴォゴン人は大昔の先祖とあまり変わっていない。毎年生まれ故郷からきらめく宝石をちりばめたハシリガニを二万七千匹輸入し、夜な夜な飲んだくれては金槌で粉々に砕いて喜んでいる。

プロステトニック・ヴォゴン・ジェルツはかなり典型的なヴォゴン人で、つまりどこをとっても不愉快なやつだった。そしてヒッチハイカーを忌み嫌っていた。

プロステトニック・ヴォゴン・ジェルツの旗艦の腹部の奥深く、狭く暗い船室のどこかで、小さなマッチの火が恐る恐るともった。マッチの主はヴォゴン人ではなかったが、かれらのことはよく知っていたから恐る恐るなのは当然だった。彼の名はフォード・プリーフェクト*。

*フォード・プリーフェクトの本名は、ベテルギウス星系のマイナーな方言でしか発音できない。しかもその方言は、銀河系恒星紀元第〇三七五八年のハラン大虚脱以来ほとんど消滅している。この大災害によって、ベテルギウス星系第七惑星にあった歴史あるプラクシビートル文明は完全に滅びた。ハラン大虚脱を生き延びたのは惑星じゅうでフォードの父ただひとりだったが、いかなる驚くべき僥倖で生き残ったのか、彼はうまく説明することができなかった。真相は完全に深い謎に包まれている。そもそもハランとはなんなのか、なぜそれがわざわざベテルギウス星系第七惑星で虚脱したのか、だれにもわからないのである。疑惑の雲がまつわりついてくるのは当然だったが、フォードの父は雄々しくもそれをはねのけ、ベテルギウス星系第五惑星に移り住み、

そこでフォードの父となり名付け親となった。いまは滅びた同族たちをしのんで、彼は息子に古いプラクシビートル語の名をつけたのである。

しかし、フォードは自分の本名をついに発音できず、父はしまいに恥辱のあまり命を落とした。この銀河系の一部宙域では、恥辱はいまも不治の病なのである。学校でフォードは「イックス」とあだ名をつけられたが、これはベテルギウス星系第五惑星の言語で「ハランとはなにか、それがなぜわざわざベテルギウス星系第七惑星で虚脱したのか、どちらもちゃんと説明できないやつ」という意味である。


彼は船室内を見まわしたが、ほとんどなにも見えなかった。小さい震える炎を受けて、奇妙な怪物じみた影がぬっと立ちあがっては飛びまわる。だが物音ひとつしない。彼は声にならない声でデントラシ人に礼を言った。デントラシ人はやくざな食通種族で、荒くれだが気のいい連中だ。近年、ヴォゴン人は長距離航行船団にデントラシ人を調理スタッフとして雇用するようになったが、それには互いに干渉しないというのが厳しい条件になっていた。

これはデントラシ人にとっては好都合だった。かれらはヴォゴン人の金は大好きだが(なにしろ宇宙でも最も安定した通貨のひとつなのだ)、ヴォゴン人自身のことは毛嫌いしている。デントラシ人にとって見てうれしいヴォゴン人は、怒っているヴォゴン人だけだった。

フォード・プリーフェクトが水素とオゾンと一酸化炭素の煙にならずにすんだのは、このちょっとした情報をつかんでいたおかげだった。

かすかなうめき声がした。マッチの明かりで、床にぐったりと横たわる塊がわずかに動くのが見分けられた。急いでマッチを振って火を消し、ポケットに手を入れて、探していたものを引っぱり出した。口を破って中身を振り出す。床にうずくまった。塊がまた動く。

フォード・プリーフェクトは言った。「ピーナツ買っといた」

アーサー・デントは身動きし、またうめき、なにごとかぶつぶつつぶやいた。

「ほら、食べろよ」フォードはまた袋の中身を振り出した。「物質転送光線を初めて通ったんなら、塩分とタンパク質を失ってるだろう。さっき飲んだビールが多少は緩衝材になってるはずだけど」

「うーんんあ……」アーサー・デントは目をあけた。

「暗い」彼は言った。

「うん、暗いな」フォード・プリーフェクトは言った。

「明かりがない」アーサー・デントは言った。「暗い。明かりがない」

フォード・プリーフェクトはかねがね、人類について不思議に思っていたことがある。自明も自明なことをたえず口にし、しつこくくりかえすというあの習性はなんなのだろうか。今日はいいお天気だねとか、きみはすごく背が高いねとか、わあ大変だ深さ十メートルの穴に落っこちたみたいだけど大丈夫かい？　とか。この奇妙な行動を説明するためにまず考えたのは、しょっちゅう唇を動かしていないと口が動かなくなるのだろうという説だった。しかし、数か月の熟考と観察のすえ彼はこの説を捨て、新しい説をとるようになった。しょっちゅう唇を動かしているのは、そうしないと脳みそが働きだすからだと考えたのだ。だが、しばらくして彼はこの説も捨てた。うがち過ぎで観察の妨げになると思ったし、なんのかんの言っても人類はそう悪い種族ではないと思うようになったからだ。だがそれでも、かれらがあまりにものを知らないのがフォードにはひどく気がかりだった。

「うん」彼は調子を合わせた。「明かりがないな」ピーナツを差し出し、「気分はどう」

「陸軍士官学校みたいだ」アーサーは言った。「自分の一部がずっと気絶してる」

暗がりのなか、フォードは面食らってアーサーを見つめた。

アーサーは弱々しく尋ねた。「ここはどこかって訊いたら、後悔することになるのかな」

フォードは立ちあがった。「ここは安全だよ」

「そうかい」

「ここは狭い調理室《ギャレー》なんだ。ヴォゴン土木建設船団の船の」

「ふうん」とアーサー。「そういうの『安全』って言うのか？　『安全』って言葉にそんな変な用法があるとは知らなかったよ」

フォードはまたマッチをすって、照明のスイッチを捜した。怪物めいた影がまた飛びまわったりぬっと伸びたりする。アーサーはどうにか立ちあがり、かばうように両手を身体に巻きつけた。あたり一面、不気味なエイリアンの影だらけに見える。やたらかびくさい空気が断りもなく肺のなかに入ってくるし、低いブーンという音がうるさくて、ものごとを集中して考えられない。

「どうやって乗ったんだ？」かすかに震えながら尋ねた。

「ヒッチハイクしたのさ」

「なんだって？　親指をあげて立ってたら、ぎょろ目の緑の宇宙人が窓から首を出して、『よう兄ちゃん、乗んな。ベイシングストークの円形交差点《ラウンドアバウト》までなら乗せてってやれるぜ』って言ったっていうのか？」

「うん、親指は電子のサブイーサ発信機だし、ラウンドアバウトは六光年先のバーナード星だけど、それ以外はだいたい合ってるよ」

「ぎょろ目の宇宙人は？」

「たしかに緑だ」

「なるほど。で、ぼくはいつ家に帰れるんだ？」

「帰れない」フォード・プリーフェクトは照明のスイッチを見つけた。

「まぶしいから気をつけて……」と言ってスイッチを入れた。

フォードでさえ驚いた。

「なんだこりゃあ」アーサーは言った。「ここはほんとに、空飛ぶ円盤のなかなのか？」


プロステトニック・ヴォゴン・ジェルツは、目にも不快な緑の身体を起こし、コントロールブリッジを歩きまわっていた。生物のいる惑星を破壊したあとは、いつも少しばかりいらいらする。だれかがやって来て、あれはまったくまちがったことだと言ってくれれば、怒鳴りつけてすかっとするのだが。勢いよくどすんとコントロールシートに腰をおろし、こいつが壊れれば腹を立てるまっとうな理由ができると思ったが、椅子はただ不満げにきしんだだけだった。

そのとき、ブリッジに若いヴォゴン人の警備員が入ってきた。彼はそちらに向かって「出ていけ！」と怒鳴った。警備員はさっさと逃げ出したが、ついさっき届いた報告をいま伝えるのが自分でなくてよかったとむしろほっとしていた。その報告というのは、宇宙船の画期的な駆動法がダモグランの政府の研究基地で公開され、今後は超空間高速道はすべて不要になるという公式発表だったのだ。

また別のドアがスライドして開いたが、今度はヴォゴン人の船長は怒鳴らなかった。

そちらはギャレーに通じるドアで、そこではデントラシ人が食事のしたくをしているはずだったからだ。食事ならいつでも大歓迎だ。

大柄で毛むくじゃらの生物が、昼食のトレーを持ってドアからぴょんぴょん入ってきた。狂人のようににたにたしている。

プロステトニック・ヴォゴン・ジェルツは喜んだ。デントラシ人がこんなふうにうれしそうにしているのは、船のどこかでなにかが起きていて、思いきり腹を立てられるときだと知っていたからである。

フォードとアーサーは周囲を見まわした。

「で、ご感想は？」とフォード。

「なんか薄汚いな」

フォードは顔をしかめた。不潔なマットレス、洗っていないカップ、なんだかよくわからない異臭を放つ異星人の下着、そんなものが狭苦しい船室に放り投げてある。

「まあ、これは作業用の船だし」フォードは言った。「ここはデントラシ人の居住区なんだ」

「さっきはヴォゴン人とかなんとか言ってなかったっけ？」

「ああ、これはヴォゴン人の船なんだけど、デントラシ人はその船の料理人なんだ。ぼくらを乗せてくれたのはデントラシ人なんだよ」

「頭がこんがらがってきた」

「ほら、これを見るといい」フォードはマットレスのひとつに腰をおろし、かばんのなかをかきまわしはじめた。アーサーは恐る恐るマットレスをつついてみて、そろそろと自分も腰をおろした。だが、ほんとうは心配する必要などまずないのだ。というのも、スコーンシェラス星系惑星ゼータの沼地で育ったマットレスはすべて、かなり徹底的に息の根を止めて、乾燥させたのちに使用されるからである。生き返ることはめったにない。

フォードはアーサーに本を渡した。

「なんだこれ」

「『銀河ヒッチハイク・ガイド』だよ。電子的な本みたいなものさ。知りたいことはなんでも教えてくれる。それがこの本の役目なんだ」

アーサーはおっかなびっくりそれを引っくり返してみた。

「このカバーはいいな」彼は言った。「『パニクるな』か。やっと役に立つ言葉を聞いたよ。今日は朝からずっと、役に立つどころか意味もわからないことばっかり聞かされてたからな」

二週間前に死んだヒバリでも握るように、アーサーはその本をしっかり握りしめている。「使いかたを教えてやるよ」とフォードはそれをひったくり、カバーから引っぱり出した。

「ほら、ここのこのボタンを押すと、画面のスイッチが入って索引が出てくるんだ」

およそ八センチ×十センチの画面がぱっと明るくなり、文字が点滅しはじめた。

「ヴォゴン人のことが知りたかったら、それをこう入力する」指でさらにキーを叩く。

「ほら出た」

「ヴォゴン土木建設船団」という緑の文字が画面にぱっと現れた。

画面の下の大きな赤いボタンをフォードが押すと、文字が一行一行画面を流れはじめた。と同時に、低く静かな落ち着いた声で、本はその文章を読みあげていく。

「ヴォゴン土木建設船団。ヒッチハイクをしたいとき、ヴォゴン人の船が通りかかったらどうするか――あきらめよう。銀河系広しといえども、ヴォゴン人ほど不愉快な種族はめったにない。正真正銘の悪党というわけではないが、癇癪もちで官僚的で差し出がましく鈍感な種族である。トラールの貪食獣バグブラッターから自分の祖母を救うためであっても、かれらは指一本動かさない。かれらを動かすためには、三重に署名がなされ、提出され、突っ返され、疑問を正され、紛失され、発見され、公聴会で審議され、また紛失され、柔らかい泥炭に埋もれたあげく、三か月後に焚きつけとしてリサイクルされた命令書が必要である。

ヴォゴン人と酒を飲みに行き、こっちが先におごって次は向こうのおごる番だと思うなら、相手ののどに指を突っ込むのが一番だ。ヴォゴン人を怒らせたければ、彼の祖母をトラールの貪食獣バグブラッターに食わせるのが一番である。

どんなことがあっても、ヴォゴン人に詩を朗読させてはいけない」

アーサーは目をぱちくりさせた。

「みょうな本だな。だけどこの本のとおりなら、どうしてぼくらはこの船に乗れたんだ?」

「問題はそこだよ。これはもう古いんだ」フォードは言って、本をカバーに収めた。「ぼくはこの本の改訂版を出すために現地調査をしてるんだ。ヴォゴン人がいまはデントラシ人の料理人を雇ってて、おかげでもぐり込むすきができたってことも次の版には盛り込まないと」

アーサーの顔につらそうな表情が浮かんだ。「だけど、そのデントラシ人っていったいなんだ」

「大した連中だよ」とフォード。「料理やカクテルをつくらせたら右に出る者はないけど、それ以外のことには洟も引っかけない。かならずヒッチハイカーを拾ってくれる。話し相手が欲しいってこともあるけど、最大の理由はヴォゴン人へのいやがらせだな。金欠のヒッチハイカーが一日三十アルタイル・ドルかけずに宇宙の驚異を見てまわるには、こういう情報をつかんどくのが大事なんだ。で、その情報を集めるのがぼくの仕事さ。面白いだろ」

アーサーは途方にくれた顔をした。「すごく面白いよ」と言って、ほかのマットレスのほうを見て顔をしかめる。

「それがあいにく、最初の予定よりずいぶん長いこと地球に足止めを食らっちゃって」とフォード。「ほんの一週間のつもりが、十五年も足止めさ」

「だけど、最初はどうやって地球に来たんだ？」

「簡単なことさ、ティーザーに拾ってもらったんだ」

「ティーザー？」

「うん」

「えーと、なんだっけその……」

「ティーザーかい？　ティーザーってのは、たいていはひまを持て余した金持ちの坊ちゃんたちさ。宇宙をあちこちまわっちゃ、まだほかの星と交流のない惑星を見つけてバズるんだ」

「バズる？」アーサーの胸に疑惑が広がりはじめた。ひょっとしてフォードは、わざと人を困らせて喜んでいるのではないだろうか。

「うん、バズるんだ。つまり、あんまり人けのない辺鄙な場所を見つけて、いきなり気の毒なやつの真ん前に着陸してみせるのさ。ほかにだれも見てないんだから、そいつがなにを言ってもだれも信じやしない。それで、頭におかしな触覚かなんかつけてそいつの前を行ったり来たりして、ビービーみたいな音を立ててみせるわけ。ずいぶん子供っぽいことするよな」フォードは手を頭の後ろで組んでマットレスに仰向けに寝ころがり、むかむかするほど満足そうな顔をしていた。

「フォード」アーサーはしつこく尋ねた。「阿呆なことを訊くようだけど、ぼくはなんでこんなとこにいるんだ?」

「わかんないのか? ぼくはきみを地球から救ってやったんだぞ」

「それで地球はどうなったんだ?」

「ああ、破壊されたよ」

「破壊」アーサーは抑揚のない声で言った。

「うん。蒸発して消えちまったよ」

「あのさ」アーサーは言った。「ちょっとショックなんだけど」

フォードはひとり顔をしかめ、アーサーの言葉を頭のなかで反芻しているようだった。

「うん、わかるような気がするよ」ややあって言った。

「わかるような気がするだって!」アーサーはわめいた。「わかるような気がするって!」

フォードははね起きた。

「この本を見るんだ！」切迫した声で言った。

「なんで？」

「パニクるなって書いてあるだろ」

「パニクってなんかいない！」

「いいや、パニクってる」

「わかったよ、たしかにパニクってるさ。だけどこんな状況でほかにどうすりゃいいっていうんだ」

「ぼくといっしょに来て、面白おかしくやりゃいいじゃないか。銀河系は愉快なとこだぜ。そうだ、この魚を耳に入れといたほうがいい」

「それはどういう意味ですか？」アーサーは尋ねた。おれってずいぶん礼儀正しいなと思いながら。

フォードは小さなガラスの壜を持ちあげてみせた。まちがいなく、なかでは小さい黄色い魚が身をくねらせている。アーサーは目をぱちくりさせた。単純でわかりやすいものをしっかり握りしめられたらいいのにと思った。そうすれば安心できるだろうに――デントラシ人の下着とスコーンシェラス星系のマットレスがそばにあって、ベテルギウス人が小さい黄色い魚を持っていてそれをアーサーの耳に入れたいと言っていても、小さなコーンフレークスの箱が見られれば安心できるのに。しかしコーンフレークスの箱はどこにも見えず、というわけで安心できなかった。

　だしぬけに激烈な騒音が襲いかかってきたが、どこから聞こえてくるのかわからなかった。アーサーは恐怖に息を呑んだ。だれかがオオカミの群れと闘いながらうがいをしているように聞こえた。

「しーっ！」フォードが言った。「静かに。重要なことかもしれない」

「じ……重要って？」

「ヴォゴン人の船長が船内放送でしゃべってる」

「じゃ、これはヴォゴン人の声なのか？」

「聞けよ！」

「そんなこと言ったって、ヴォゴン語なんかわからないぞ！」

「大丈夫、この魚を耳に入れればいいんだ」

　目にも留まらぬすばやさで、フォードはアーサーの耳に手を当てた。するといきなり、魚が耳の奥にもぐり込んでくる気味の悪い感触があった。おぞましさに息を呑み、必死で耳の穴に指を突っ込もうとしたが、一秒かそこらすると、驚きのあまりしだいに目が丸くなってきた。向かいあう横顔の黒いシルエットだと思っていたら、じつは白いろうそく立ての絵だったとふいに気がつく、その聴覚版を体験していたのだ。あるいは、色とりどりの点が描いてあると思っていたら、それがいきなり6の字に見えて、新しい眼鏡に大枚をはたかなくてはならないと悟る、その聴覚版と言ってもいい。

いまも聞こえているのは唸り声のうがいだし、そのことはちゃんとわかっていたが、なぜかいまでは完璧にわかりやすい英語のように頭に入ってくる。

それはこんなふうに聞こえた……

6

「ガウガウグァラガウグァラガウガウガウグァラガウグァラガウガウグァラグァラガウグァラグァラグァラガウグルルルルすつもりはまったくない。くりかえす。こちらは船長だ、いまやってることをすぐやめてわたしの話を聞け。まず第一に、計器からするとヒッチハイカーがふたりこの船にもぐり込んでおる。どこにいるんだか知らんがこんにちは。これは頭にたたき込んでもらいたいが、きみたちはまったく歓迎されておらん。わたしはまじめに努力していまの地位を築いた。ヴォゴン土木建設船の船長になったのは、罰当たりなただ乗り野郎にタクシー代わりに使われるためではない。捜索隊はすでに派遣されておる。見つけしだい船から放り出すから覚悟しろ。運がよければ、その前にわたしの詩を朗読してやってもよい。

第二に、本船はまもなく超空間《ハイパースペース》に突入する。バーナード星に到着したら、補修のため七十二時間ドック入りするが、その間《かん》上陸許可はいっさい認めない。くりかえす、上陸許可はすべて取り消す。わたしの情事はいまのところうまく行っておらん。したがって、ほかのやつが楽しくやることを許すつもりはまったくない。以上」

音がやんだ。

アーサーは、気がついたら床に小さく身体を丸め、頭を両手で抱えていた。照れ隠しに力なく微笑んだ。

「感じのいいやつだな。ぼくに娘がいたら、絶対あんなやつとは結婚するなって言ってやれたのに」

「言ってやる必要なんかないさ」とフォード。「ヴォゴン人のセックスアピールは交通事故並みだから。いいから、そのままでいろよ」起きあがろうとするアーサーにフォードは言った。「超空間突入に備えたほうがいい。酔っぱらったみたいに気分が悪くなるぞ」

「ぼくは酔っぱらったって気分は悪くならないけど」

「でも水をくれって言うじゃないか」

アーサーはちょっと考えてみた。

「フォード、あのさ」

「うん？」

「この魚、耳のなかでなにをやってるんだ？」

「翻訳してくれてるのさ。それはバベル魚っていうんだ。よかったらこれで調べてみろよ」

彼は『銀河ヒッチハイク・ガイド』を放ってよこし、超空間突入に備えて自分も胎児のように身体を丸めた。

とそのとき、アーサーの精神の底が抜けた。

目玉が裏返った。足が頭のてっぺんから漏れ出していく。

見まわせば部屋がぺたんこにつぶれ、ぐるぐる回転し、存在から非在へ転移し、アーサーは自分のへそに滑り込んでいった。

船は超空間を通り抜けようとしていた。

『銀河ヒッチハイク・ガイド』が静かにしゃべっている。「バベル魚は小さく、黄色く、ヒルに似ていて、おそらくはこの宇宙で最も奇妙な存在である。宿主の発する脳波エネルギーのほか、宿主の周囲に存在する脳波エネルギーを食べて生きている。脳波エネルギーから無意識の精神波を吸収したのち、その残りかすを宿主の精神に向けて排泄するのであるが、その排泄物は精神波格子——すなわち意識的な思考波と、それを発した脳の言語中枢から拾われた神経信号とが織りなす格子——をなしている。実用面から言いかえれば、耳にバベル魚を入れたとたんに、どんな言語で言われたこともただちに理解できるようになるということである。実際に耳にする言語パターンは、バベル魚によって精神波格子に変換されたのち、宿主の脳に送り込まれるのである。

さて、このように気が遠くなるほどお役立ちなものが、まったくの偶然から進化してきたというのは奇怪なまでにありえないことである。したがって、これを神の不在の最終的にして揺るぎない証拠と見なす一派も存在する。

その理屈はこうだ——神は言う。『わたしは自己の存在を証明するつもりはない。なぜなら証拠は信仰を否定し、信仰がなければわたしは無だからである』

人間はこう反論する。『でも、バベル魚は完全に動かぬ証拠でしょ。ただの偶然でこんな魚が進化してくるはずないじゃん。これはつまりあなたが存在する証拠だから、したがってあなた自身の主張により、あなたは存在しないことになる。証明終わり』

『まいったな』と神は言う。『そこまで考えてなかったよ』そしてただちに論理の煙となって消えてしまった。

『なんだ、こんな簡単なことだったのか』と人間は言い、今度はためしに黒を白と証明しようとして、次の横断歩道で車にはねられて死んでしまった。

代表的な神学者のほとんどが、そんな説はディンゴの爪の先だと主張している。にもかかわらず、ウーロン・コルフィドはこの説を中心テーマにすえて『これで神もおしまいだ』を著したし、この本はベストセラーとなって彼はひと財産築いている。

いっぽう気の毒なのはバベル魚である。バベル魚は、異種族・異文化間のコミュニケーション上の障壁をすべて取り去ることに成功し、宇宙の歴史始まって以来、なにものよりも多くの、そして血みどろの戦争を引き起こしている」

アーサーは低くうめいた。超空間に放り込まれてひどい目に遭ったんだから、いっそのこと死ねればよかったのにと思った。ここは地球から六光年も離れているのだ——いまも地球があればの話だが。

地球があれば。

それでなくてもぐらぐらしている頭を、地球のイメージがゆらゆらと通り抜けていく。地球がまるごとなくなったという衝撃は、あまりに大きすぎて彼の頭ではとても把握しきれなかった。感慨を呼び覚まそうと、もう両親も妹もいないのだと考えてみた。反応なし。親しかった人たち全員のことを思い出した。反応なし。そこで、二日前にスーパーの列ですぐ前に並んでいた赤の他人のことを思い出してみた。胸がずきんと痛んだ。あのスーパーも、そこにいた人たちもみんな消えてしまったのだ。ネルソン記念柱もだ！　ネルソン記念柱が消え失せたのに、それを嘆く声もない。なぜなら嘆く声をあげる人間がひとりも残っていないからだ。これからは、ネルソン記念柱は彼の記憶のなかにしか存在しない。イギリスは彼の記憶のなかにしか存在しない。そして彼の記憶は、このじめじめした臭くて鋼鉄むきだしの宇宙船に閉じ込められている。閉所恐怖が波のようにのしかかってきた。

イギリスはもう存在しない。それはわかった——なぜだか実感できた。別のを試してみた。アメリカも消えた。これはうまく呑み込めなかった。もうちょっと小さいところから始めることにした。ニューヨークも消えた。反応なし。まあだいたい、彼にとってニューヨークは夢物語みたいなものだったし。ドルは二度と復活することはない。かすかにうずくものがあった。ボガートの映画は二度と見られないのだとつぶやいてみたら、したたかにぶん殴られたような衝撃があった。マクドナルドもだ。マクドナルドのハンバーガーなんてものは、もうどこにもないのだ。

気が遠くなった。すぐに我にかえったが、気がついたら母親を思ってすすり泣いていた。

アーサーはがばと立ちあがった。

「フォード！」

フォードは隅に座って小さくハミングしていた。宇宙旅行に出るたび、宇宙旅行の実際に宇宙を旅行する部分はけっこう難儀だと感じる。彼は呼ばれて顔をあげた。

「うん？」

「きみがこの本かなんかの調査員で、それで地球に来てたんなら、地球のデータを収集してたんだろうな」

「まあね、多少は情報を付け足せたよ」

「それじゃ、その前の版になんて書いてあるのか読ませてくれ。どうしても読みたいんだ」

「いいとも、ほら」彼はまた本を差し出した。

　アーサーはそれをしっかりつかみ、両手の震えを止めようとした。問題のページの項目を押すと、画面がひらめいて渦を巻き、やがて文字が現れてきた。アーサーは目を凝らした。

「なにも書いてない！」

　フォードが肩ごしにのぞき込んできた。

「書いてあるよ。ほら、画面の一番下を見て。『エクセントリカ・ギャランビッツ、エロティコン星系第六惑星の乳房が三つある娼婦』のすぐ下」

　アーサーはフォードの指を目で追い、それがさしているところを見た。一瞬なにが書いてあるかわからなかったが、わかったとたん頭が爆発しそうになった。

「なんだって、無害だって！　たったそれだけ？　無害って、たったひとことじゃないか！」

　フォードは肩をすくめた。「銀河系には何千億って星があるし、この本のマイクロプロセッサの容量には限りがあるんだよ。それに、地球のことはあまり知られてなかったんだからしょうがないじゃないか」

「そのへんは、きみが少しは直してくれたんだろうな」

「もちろんさ。新しい解説を伝送したよ。編集者が多少は刈り込んだけど、それでもこれよりはましになった」

「で、いまはなんて書いてあるんだ？」

「『ほとんど無害』」フォードはいささかばつが悪そうに咳払いをした。

「ほ、ほ、ほとんど無害？」アーサーはわめいた。

「なんの音だ？」フォードが押し殺した声で言った。

「ぼくがわめいてる声だよ！」アーサーはわめいた。

「そうじゃない、ちょっと黙って！　どうやらまずいことになったぞ」

「まずいことになってんのはこっちだ！」

ドアの向こうではっきりと音がした。足音だ。

「デントラシ人かな？」アーサーはささやいた。

「いや、あれはつま先に鋼鉄をかぶせた長靴の音だ」とフォード。

ドアをガンガンと叩く音がする。

「じゃあだれだ」とアーサー。

「運がよければ、ヴォゴン人がぼくらを宇宙に放り出しに来たんだろう」

「運が悪かったら？」

「運が悪かったら」とフォードは暗い声で言った。「船長の脅しはただの脅しじゃなくて、ほんとにその前に詩を朗読して聞かせる気かも……」

7

　言うまでもなく、ヴォゴン人の詩は宇宙で三番めに恐ろしい詩である。二番めに恐ろしいのは、クリア星のアスゴート人の詩だ。アスゴートの詩聖、げろ吹きグランソスが自作の詩「ときは真夏の朝、わが脇の下に萌えいでし小さき緑のべたべたに寄す」を朗読したときには、聴衆のうち四人が内出血で絶命し、銀河系中部文芸盗用協会会長は自分の足を一本かみ切ってようやく助かった。グランソスは聴衆の反応に「失望した」と言われ、『わが愛しの浴槽のゴボゴボよ』と題する十二巻の叙事詩の朗読にとりかかろうとしたが、そのとき彼自身の大腸が、このままでは人命どころか文明さえ危ういとあせって飛びあがり、のどを突破して脳みそを絞めあげたということである。

　そしてこの宇宙で一番恐ろしい詩は、イギリスはエセックス州グリーンブリッジのポーラ・ナンシー・ミルストーン・ジェニングズの作品だったが、惑星・地球が破壊されたときに作者ともども消滅した。

　プロステトニック・ヴォゴン・ジェルツはじんわりと笑顔をつくっていった。演出効果をねらったわけではなく、顔筋の動かしかたを思い出さなくてはならなかったからだ。囚人たちに向かって思いきり怒鳴りちらしたのがじつに効果てきめんで、おかげでいまはすっかりストレスも発散し、そろそろ囚人をいたぶってやろうかという気分になっていた。

囚人たちは詩歌鑑賞椅子に座って、というか縛りつけられていた。自分たちの詩が一般にどう評価されているかという点については、ヴォゴン人はいっさいの幻想を抱いていない。初期の詩作の試みは、自分たちがまともに進化した文化的な種族であるとなにがなんでも認めさせようという執念のあらわれだったが、いまも詩作を続けているのは純然たるいやがらせのためである。

フォード・プリーフェクトのひたいには汗が吹き出していた。こめかみに留められた電極に沿って、その汗が流れ落ちていく。この電極が接続されているのは、心象強化器、韻律変調器、頭韻残調器、直喩減衰器といった電子機器のバッテリーである。いずれも詩の感興を高め、詩人の思考のわずかなニュアンスも逃さず伝えるための装置だ。

アーサー・デントは震えていた。これからどんなことが降りかかってくるのか知らないが、これまで降りかかってきたのはろくでもないことばかりだったのだから、それがいまになって急に風向きが変わるわけがない。

ヴォゴン人は朗読を始めた——みずからの手になる、腐臭の漂いそうな短い一節を。

「おお、ふるぶるの爛れなげれし洟汁よ……」フォードの全身を痙攣が走った。覚悟はしていたが、まさかこれほどとは思わなかった。

「……なんじが排尿はわが目には／病にぐじゅれし蜂の陸続の粟粒膿瘍《ぞくりゅう》のごとし」

「うぎゃあああああああ！」苦痛の塊がずきんずきんと頭蓋を突き抜け、フォード・プリーフェクトはのけぞった。隣の椅子で、アーサーが力なく身体を揺らしているのが目の隅にちらと見えた。フォードは歯を食いしばった。

「グロゲロよ、いまなんじにこいねがう」ヴォゴン人は情け容赦なく続けた。「わがふんべりの泥具場を」

彼の声は高まり、情熱的にきりきりと頭蓋に突き刺さってくる。「いざ、がさがさの包み腐れもてタガ輪の輪のごとくにわれをしむりきたれ／さなくば見よ、わが強弩棒破槌もてぐずどぼみぢれになさん」

「おんぎゃえええええうううあああああいいいいい！」フォード・プリーフェクトは絶叫した。電子的に強化された最後の一節が最高出力でこめかみを襲い、全身に最後の痙攣が走る。フォードはぐったりした。

アーサーは椅子に力なく寄りかかっている。

「さて、地球人よ……」ヴォゴン人はのどを鳴らした（フォード・プリーフェクトはベテルギウスの近くの小さな惑星の出なのだが、彼はそのことを知らなかったし、知っていても気にしなかっただろう）。「どちらなりと好きなほうを選べ。なに、むずかしいことではない。宇宙の真空で塵と消えるか、あるいは……」とわざとらしくいったん間《ま》を置き、「わたしの詩がどれほどすばらしかったか感想を述べるか、ふたつにひとつだ！」

コウモリの形をした巨大な革張りの椅子にどっかと腰を沈めて、彼はふたりを見た。またじんわりと笑顔をつくる。

フォードは息をしようとあえいでいた。乾いた舌でひび割れた唇をなめ、うめき声をあげた。

アーサーが晴れやかな声で言った。「なかなか結構な詩でしたね」

フォードは口をぽかんとあけてアーサーに目を向けた。こんな手があるとは夢にも思わなかった。

ヴォゴン人は驚いてまゆをあげた。そのせいで鼻がほとんど隠れ、それほどひどい面相には見えなくなった。

「それはそれは……」驚愕のあまり低く唸った。

「いや、ほんとに」とアーサー。「隠喩のイメージは豊かで、すごく高い効果をあげてるときも少なくなかったしね」

フォードはあいかわらず目を丸くしてアーサーを見つめていたが、このまったく新しい発想を核として、徐々にそのまわりにアイデアが育ってきた。こんな鉄面皮を押し通してこの場を切り抜ける見込みがあるのだろうか。

「なるほど、それで……?」ヴォゴン人が先を促す。

「えーと……それから……そうそう、韻律の扱いも面白かったな」アーサーは続けた。

「思うに、あの韻律が強調している……その……」そこで先が続かなくなった。

フォードが助太刀に駆けつけ、口から出まかせにしゃべりだした。「……強調してる超現実的な隠喩の裏には、その、えーと……」フォードもつっかえたが、今度はアーサーが待ちかまえていた。

「……人間としての……」

「ヴォゴン人としての、だろ」フォードが押し殺した声で言った。

「あっそうか、失礼、ヴォゴン人としての詩人の愛情豊かな魂が隠れてるんですよね」アーサーは、最後の直線に入ったのを感じていた。「その魂が、詩の構造という媒体を通じてねらっているのは、これを昇華させあれを超越させて、他者との根源的な相違を乗り越えることなんだ」(彼の声は勝利を確信して高まった)「それで人は、深遠にして鮮烈な洞察をもって、その……えー……」(急にあとが続かなくなってしまった)。フォードが後を引き取ってとどめの一撃を放った。

「その詩がなにを言っているにしてもそのすべてを実感するんだ!」彼は叫び、口のすみでささやいた。「よくやったアーサー、お手柄だ」

ヴォゴン人はふたりをしげしげと眺めた。その一瞬、恨みに凝り固まった種族の魂が揺さぶられたものの、すぐに思いなおした——だめだ。これでは足りなすぎるし、もう遅すぎる。起毛加工のナイロンで爪をとぐ猫を思わせる声で、彼は言った。

「つまりおまえたちが言いたいのはこういうことだな？　わたしがこの詩を書いたのは、この鈍感で残忍無情な外見の下で、ほんとうは愛されたいと願っているからだというのだな？」そこでいったん口をつぐみ、ややあって「ちがうか？」

フォードは引きつった笑い声をあげた。「まあその、そうですね。それはだれしもみんな同じでしょ、心の奥底では……その……」

ヴォゴン人は立ちあがった。

「ちがう、おまえたちは完全にまちがっておる」彼は言った。「わたしが詩を書くのは、この鈍感で残忍無情な外見を鋭く浮き彫りにするためなのだ。ともかく、おまえたちはこの船から放り出す。警備員！　囚人たちを第三エアロックに連行して外へ放り出せ！」

「そんな！」フォードがわめいた。

見あげるような大男の若いヴォゴン人が進み出てきて、巨大な太い腕でふたりを拘束帯から引き剝がした。

「宇宙に放り出すのは勘弁してくれ」フォードはわめいた。「ぼくらは本を書いてるとこなんだ！」

「むだな抵抗はやめろ！」ヴォゴン人の警備員が怒鳴りかえした。ヴォゴン警備部隊に入隊して、最初に覚えた台詞がこれだったのだ。

船長は他人ごとのようにその様子を見物していたが、やがてそっぽを向いた。

アーサーは血走った目であたりを見まわした。

「まだ死にたくない！」彼は叫んだ。「いまは頭痛がするんだ！　頭痛を抱えて天国には行きたくない、せっかく天国に行ってもずっと暗い顔をしてなくちゃならないじゃないか！」

警備員はふたりの首根っこをがっちりつかみ、船長の背中に向かってうやうやしく一礼すると、抵抗するふたりをブリッジから引きずり出した。鋼鉄のドアが閉まり、船長はまたひとりきりになった。低くハミングしながらじっと考え込み、詩のノートを指で軽くなぞった。

「ふーむ」彼は言った。「韻律が強調している超現実的な隠喩の裏には、か……」しばらく考えてから、ぞっとするような笑みを浮かべてノートを閉じた。「あんなやつら、なんど殺しても殺し足りん」

鋼鉄を張った長い廊下に、二個のヒト型生物の弱々しい抵抗の声が反響している。ふたりはゴムのようなヴォゴン人の腕にしっかりかたくし込まれていた。

「こいつはいいや」アーサーがまくし立てる。「まったく楽しいったらないよ。この手を離せ、こんちくしょう！」

ヴォゴン人の警備員はふたりを引きずっていく。

「心配ないって」フォードは言った。「なにかいい手を考える」しかし、その口調は自信たっぷりにはほど遠かった。

「むだな抵抗はやめろ！」警備員が吼える。

「だから、泣きごとを言うのはやめてくれよ」フォードはどもった。「ずっとそんな暗いことばっかり言ってると、前向きな考えかたなんかできっこないぞ」

「信じられない」アーサーはこぼした。「なにが前向きな考えかただよ。ぼくはついさっき自分の惑星を破壊されたとこなんだぞ。今朝起きたときは、今日も一日気楽にやろうと思ってたのに。軽く本でも読んで、犬をブラッシングしてやって……いまはまだ午後四時をちょっと過ぎたとこなのに、もうエイリアンの宇宙船から放り出されそうになってるんだ。それも、くすぶる地球の燃えかすから六光年もかなたで！」まくし立て、わめき散らすアーサーを、ヴォゴン人はさらに腕に力をこめて締めあげた。

「いいから、とにかくパニクるなってば！」フォードは言った。

「だれがパニクるとかパニクらないとかの話をしてるんだよ」アーサーがやりかえす。

「いまはまだカルチャーショックの段階なんだよ。この状況に慣れて自分の立場がわかるまで待ってみろ。パニクるのはそのあとだよ！」

「アーサー、ヒステリーを起こしかけてるぞ。ちょっと黙っててくれ！」フォードは必死で頭を働かせようとしたが、警備員の怒鳴り声にまた邪魔された。

「むだな抵抗はやめろ！」

「おまえもちょっとは黙れ！」フォードも怒鳴りかえした。

「むだな抵抗はやめろ！」

「もう、いい加減にしろってば」フォードは首をひねって、警備員の顔をまっすぐ見あげた。そのとき、ふとひらめくものがあった。

「こんなことしてほんとに楽しいか？」彼はいきなり尋ねた。

ヴォゴン人はぴたっと立ち止まった。その顔に底無しのまぬけな表情が徐々に広がっていく。

「楽しい？」彼は大声で言った。「そりゃどういう意味だ？」

「つまり、これで心から人生に満足できるのかってことだよ。どすどす歩きまわって、大声で怒鳴って、人を宇宙船から放り出して……」

ヴォゴン人は低い鋼鉄の天井を見あげた。両のまゆが重なりあいそうになっている。口もとがだらしなくゆるむ。しまいに彼は言った。「まあその、仕事中は悪くないけど……」

「そりゃそうだろうね」フォードが相槌を打つ。

アーサーは首をひねってフォードに目をやった。「フォード、いったいなにやってるんだ？」あきれたように小声で尋ねた。

「いや、ただ周囲の世界に興味を持とうとしてるだけさ」彼は言って、「それじゃ、仕事中は楽しくやってるわけだね？」と話を戻した。

ヴォゴン人はフォードを見おろしていた。どよーんとした深みで思考がのろのろと渦を巻いている。

「まあな。けど、そう言われてみると、ほんとんとこはたいていいつもぱっとしねえな。ただ……」彼はまた考え込んだ。考えるたびに天井を見あげずにはいられないようだ。「ただ、ときどき怒鳴るのはわりかし楽しいな」胸いっぱいに息を吸い込んで、「むだな抵抗は――」

「なるほど」フォードは急いで口をはさんだ。「それが得意なのはよくわかるよ。だけど、たいていはぱっとしないのなら」と、嚙んで含めるようにゆっくりと言った。「なんで続けてるんだい？　なんのために？　女の子のため？　金のため？　男っぽさを誇示するため？　それとも、頭を使わないこういう退屈な仕事に耐えることにやりがいがあると思ってるのかな？」

アーサーは面食らって、ふたりの顔を交互に見くらべていた。

「えーと……」警備員は言った。「えーと……えー……どうかな。おれはただその……ただやってるだけだと思うな、実際のとこ。宇宙船の警備員は若い者にはいい仕事だっておばさんに言われて――なんせ制服はあるし、スタン光線銃のホルスターを低く吊ってんのも悪くないし、頭を使わない退屈な仕事で……」

「聞いたか、アーサー」フォードは、話のまとめに入ったような雰囲気を漂わせて言った。「これでもきみは、自分の悩みのほうが深刻だと思うのか?」

思うどころじゃないぞ、とアーサーは思った。生まれ故郷の惑星がひどいことになったのは別にしても、ヴォゴン人の警備員にすでに絞め殺されかけているし、宇宙に放り出されるというのもぞっとしない。

「この若者の悩みを考えてもみろよ」フォードは言い募った。「気の毒に、毎日毎日どすどす歩きまわって、人を宇宙船から放り出して……」

「それから怒鳴ってる」警備員が付け加えた。

「そう、もちろん怒鳴ってるよね」首に巻きつく太い腕を、フォードは親しみをこめて軽く叩いた。「……それなのに、なぜ自分がそんなことをしてるのかもわからずにいるんだ!」

それはとても残念なことだとアーサーは同意した。弱々しくかすかに身じろぎしただけだったが――というのも、窒息しかけていて声が出なかったのだ。

警備員はのどの奥で唸りながら考え込んでいる。

「うーん。そういうふうに言われてみると、なんとなく……」

「その調子」フォードが励ます。

「だけどよ」あいかわらず唸りながら、「そいじゃ、ほかにどうすりゃいいんだ?」

「そりゃあもちろん」フォードは明るく、しかしゆっくりと言った。「そういうことはすっぱりやめるんだよ！　もうこういうことはごめんだって言ってやるんだ」なにか付け加えなくてはと思ったが、いま聞いたことだけで警備員の頭はもういっぱいのようだった。

「うーーむううう――うーーー……」警備員は言った。「うーん、えーと、そいつはあんまし気が進まないな」

いきなり雲行きがあやしくなってきた。

「いや、ちょっと待って」フォードは言った。「それはただの手はじめさ。もちろんそれだけじゃないんだよ、もちろん……」

だがそのとき、警備員はさらに腕に力を込め、囚人たちをエアロックに引きずっていくという当初の作業を再開した。とはいえ、見るからに大いに心を動かされた様子だった。

「やっぱな、おまえらにとっちゃどっちでもおんなじかもしんないけどさ、おれぁやっぱ、おまえらをこのエアロックに押し込んで、それからまたいままでどおりに怒鳴り仕事をやってくほうがいいと思うんだよな」

フォード・プリーフェクトにとっては、どっちでもおんなじではまったくなかった。

「いやその、だから……ちょっと待ってくれってば！」彼の口調は、さっきほどゆっくりでもなければ明るくもなかった。

「うううぐぐーーむむーー……」アーサーの口調には、はっきりした特徴はなかった。

「ちょっと待ってくれよ」フォードは食い下がった。「音楽とか絵画とか、まだ話してないことがあるんだよ！　うわあああ！」

「むだな抵抗はやめろ！」警備員は吼えてから付け加えた。「これを続けてりゃ、いつかは出世して怒鳴りつけ課の課長になれる。それに、人を怒鳴りつけたり船から放り出したりしない部署にはたいていあんまし空きがないしな。だったら、自分の得意なことを続けてくほうがいいと思うんだな」

ついにエアロックの前まで来た。大きな丸い鋼鉄製のハッチが船の内壁にはめ込まれている。どっしりと頑丈で重そうだ。警備員がコントロール盤を操作すると、そのハッチがなめらかに開いた。

「けど、気にかけてくれてありがとよ。そんじゃあな」と言うなり、ヴォゴン人の警備員はフォードとアーサーをハッチの向こうに放り込んだ。そこは狭い隔室になっていて、アーサーは引っくり返ってぜいぜいあえいだ。フォードはすぐに向きなおって肩から体当たりを食わせたが、そのかいもなくハッチはまた閉まっていく。

「聞いてくれよ」彼は警備員に向かってわめいた。「きみが夢にも知らない世界があるんだぜ……たとえばこんなのはどうだい？」死にもの狂いで、とりあえず思い浮かんだ文化の切れっぱしに飛びついた――それは、ベートーヴェンの第五交響曲の冒頭の一節だった。

「ジャジャジャジャーン！　どう、心が動かされるだろ？」

「うんにゃ、別に。だけど、あとでおばさんに聞かしてみるよ」

彼がそのあとになにか言ったとしても、もう聞こえなかった。ハッチはぴったり密閉され、なんの物音もしなくなった。聞こえるのは、船のエンジンのかすかに遠い唸りばかりだ。

そこはぴかぴかに磨きあげられた円筒形の小部屋だった。直径は二メートル弱、長さは三メートルほどである。

フォードは荒い息をつきながら隔室内を見まわした。

「なかなか見込みのある若者だと思ったんだが」と、湾曲した壁にぐったり寄りかかった。

アーサーは放り込まれたときのまま、円弧を描く床に引っくり返っている。顔もあげず、ただぜいぜいあえいでいた。

「これでもう、絶体絶命なんだな?」

「うん」とフォード。「絶体絶命だよ」

「それで、なんにも思いつかなかったのか? なにかいい手を考えるって言ってたじゃないか。それともほんとは思いついたのか、ぼくが気づかなかっただけで」

「もちろん思いついたさ」フォードはあえぎながら言った。アーサーが期待に満ちた目をあげた。

「ただ残念ながら、この気密ハッチの向こう側にいることが必要条件でね」と、フォードはたったいま放り込まれてきたハッチを蹴りつけた。

「でもいい考えだったんだな?」

「もちろん、絶妙だったよ」

「どんな?」

「まだ細かいとこまで詰めてなくてね。それに、いまとなっちゃどうでもいいことだろ?」

「それで……その、これからどうなるんだ?」アーサーは尋ねた。

「そうだな、もうすぐあっちのハッチが自動的に開いて、ぼくらは深宇宙に放り出されるだろうな。それで窒息することになると思うね。そりゃもちろん、胸いっぱいに空気を吸い込んどけば三十秒はもつけどさ……」フォードは両手を背中にまわし、まゆをあげ、古いベテルギウス讃歌をハミングしはじめた。アーサーの目にはフォードが急に異星人ぽく見えてきた。

「じゃあ、そういうことなんだな」アーサーは言った。「ぼくらはもうすぐ死ぬんだ」

「うん」フォードは言った。「ただし……あっ、ちょっと待て！」と、だしぬけになにかに飛びついていったが、なにに飛びついたのかアーサーには見えなかった。「このスイッチはなんだ？」フォードは叫んだ。

「なに？　どこだ？」アーサーはあわてて向きなおった。

「ごめん、ただの冗談だよ」フォードは言った。「ぼくらはやっぱり死ぬのさ」

また壁にぐったり寄りかかると、さっきの歌の続きをまたハミングしはじめた。

「ちくしょう」アーサーは言った。「こんなときになって――ヴォゴン人の船のエアロックに、ベテルギウスから来た異星人とふたりで閉じ込められて、まもなく深宇宙で窒息して死ぬってときになってやっと、子供のころにおふくろの言ってたことを聞いときゃよかったと本気で後悔してるよ」

「へえ、なんて言ってたんだ？」

「だから聞いてなかったんだよ！」

「ふーん」フォードはまたハミングを続けた。

「まったく傑作な話だ」アーサーは胸のうちで思った。「ネルソン記念柱も、マクドナルドもなくなっちまった。残ったのはおれと『ほとんど無害』って言葉だけ。それももうすぐ『ほとんど無害』だけになるんだ。昨日は地球はあんなにぴんぴんして見えたのに」

モーターの唸る音がした。

かすかなしゅーっという音がたちまち高まり、耳をつんざく轟音とともに空気が吹き出していく。外部ハッチの向こうには真っ黒な虚無が口をあけていた。あちこちに、ちっぽけながら信じられないほど明るい光点が散らばっている。フォードとアーサーは宇宙にぽんとはじき飛ばされた。おもちゃの銃から飛び出すコルク玉のように。

8

『銀河ヒッチハイク・ガイド』はまったく驚くべき本である。長年にわたり、何人もの編集長のもとで何度も編纂・再編纂がくりかえされ、無数の旅行者や調査員の寄せるデータが盛り込まれている。

そのまえがきはこんなふうに始まる。

「宇宙は大きい。むやみに大きい。言っても信じられないだろうが、途方もなく、際限もなく、気も遠くなるほど大きい。薬局はものすごく遠くて行く気になれないと言う人もいるかもしれないが、宇宙にくらべたらそんなの屁でもない。なにしろ……」以下略。

(もう少し先になると書き手も多少は落ち着いてきて、ほんとうに知る必要のあることを教えてくれる。たとえば、美しいことで有名な惑星ベスセラミンを訪れたときの注意事項などが書かれている。この惑星では、年に百億人も訪れる観光客のせいで浸食が進むのを憂慮していて、惑星滞在中に摂取した量と排泄した量に差があると、出国するときにその正味差分を外科的に切除されることになっている。だから、トイレに行ったらなにがあってもかならずレシートをもらっておかなくてはならない。）

しかし公平な話、『ガイド』のまえがきの著者よりましな頭の持主でも、星と星を隔てる途方もない距離を前にするとどうしてもたじろいでしまう。レディング〔イングランド南部の都市〕にピーナッツがあって、ヨハネスブルクに小さいくるみがあるようなものとか、そんなめまいのしそうなたとえ話で説明しようとする者もいる。

要するに、星と星の距離は人間の想像力をはるかに超えているということなのだ。光は非常に速いので、たいていの種族は光が運動していることにすら何千年も気づかないほどだが、その光でさえ、星から星に達するまでにはかなりの時間がかかる。太陽《ソル》からかつて地球があった場所まで八分、ソルに最も近い恒星のプロクシマ・ケンタウリに達するには四年もかかる。

これが銀河系の反対側の星となると、たとえばダモグランまで達するにはさらに長い時間がかかる。なんと五十万年もかかるのだ。

この距離を最短期間でヒッチハイクした記録は五年にちょっと足りないほどだが、これでは途中で観光などしているひまはない。

『銀河ヒッチハイク・ガイド』によると、胸いっぱいに空気を吸い込んでおけば、宇宙の完全な真空のなかでもおよそ三十秒は生きられる。しかし、それに続けて書いてあることによると、気も遠くなるほどの宇宙の大きさを考えれば、その三十秒間に別の船に拾われる見込みは、二の二十七万六千七百九乗分の一だという。まったく奇跡的な偶然によって、この二二七‐六七〇九という数字はまた、イズリントンのとあるマンションの電話番号でもあった。かつてアーサーは、そのマンションで非常に盛大なパーティに出席し、非常に好ましい女性に出会い、彼女と親しくなることに完全に失敗した——飛び込み客にかっさらわれたのである。

惑星・地球も、イズリントンのマンションも、そしてそこの電話も、いまではすべて消滅してしまった。しかし、その三つが三つとも、ささやかな形ながら記憶にとどめられたことを思えば慰めになる。というのもいまから二十九秒後、フォードとアーサーは救出されることになるからだ。

9

コンピュータが驚いてぶつぶつひとりごとを言った。エアロックが勝手に開いてまた閉じたのに気づいたのだが、なぜそんなことが起きたのか理由らしい理由が見当たらないのだ。

理由らしい理由が見当たらないのは、そもそもまともな理由などなかったからである。銀河系に穴が生じた。穴が存在した時間は正確に無限大分の一秒、穴の直径は無限大分の一センチ、だが穴の端から端までは何百万何千万光年もの長さだった。

その穴が閉じる途中で、無数の紙の帽子とパーティ用の風船が押し出されてきて、宇宙全体をただよいはじめた。また身長一メートルの株式アナリストも七人固まって転げ落ちてきたが、七人とも即死したのはひとつには窒息のため、もうひとつには驚愕のためだった。

また、二十三万九千個の目玉焼きも飛び出してきた。ぶよぶよの大きな山となって出現した先はパンセル星系のポグリル人の国だったが、ここはちょうどそのとき飢饉に見舞われているさいちゅうだった。

ポグリル人はほとんどが飢饉のために死亡したが、最後に残ったひとりの男だけは、その数週間後にコレステロール中毒で命を落とした。

　穴が存在した無限大分の一秒間は、最もとりそうにない道筋をとって時間のなかを行ったり来たり振動した。はるか遠い過去のある時点では、不ぞろいの原子の小集団がこの穴のせいで傷を受け、それまで空虚で静謐な宇宙をあてもなく漂っていたのが互いにくっつきあい、最も驚異的にあり得ないパターンで結合するようになった。このパターンはあっという間《ま》に自己を複製することを覚え（このパターンが驚異的だというのはひとつにはこのためだ）、それらが漂着したあらゆる惑星で深刻な問題を引き起こした。こうして宇宙に生命が誕生したのである。

　五つの激しい〝事象の大渦巻〟がぐるぐる大回転して不条理の容赦ない嵐を引き起こし、ついでに歩道でげろを吐いた。

　吐き出された歩道で、フォード・プリーフェクトとアーサー・デントは精子を放出しかけた魚のように口をばくばくさせていた。

「ほらな」フォードはあえぎながら、手がかりを探そうと歩道を引っかいていた。歩道はいま、未知宇宙の第三領域を全速力で駆け抜けようとしているのだ。「なにかいい手を考えるって言っただろ」

「うん」とアーサー。「言ったな」

「なんて冴えてるんだ」フォードは言った。「通りかかった宇宙船を見つけて拾ってもらうなんて」

ふたりの下で、実宇宙が弧を描いて恐ろしいほど遠ざかっていく。さまざまな架空の宇宙が、ロッキーヤギのように無関心にそばを通りすぎていった。原初の光が爆発し、ゼリーの塊でも吐き出すように時空をまき散らした。時間が膨張し、物質は縮小する。目立たない片隅で最大の素数がひっそりと育ち、そのまま永遠に姿をくらました。

「冗談も休み休み言えよ」アーサーは言った。「そんなことの起きる確率は天文学的な低さだろ」

「けちをつけるなよ、うまく行ったんだから」

「この船はどういう船だろう？」アーサーは尋ねた。足の下には底なしの闇がぽっかり口をあけている。

「さあね」とフォード。「まだ目をあけてないんだ」

「じつはぼくもだ」

宇宙は跳躍し、凍りつき、震え、思いがけない方向へ伸び広がっていく。

アーサーとフォードはそろって目をあけ、あたりを見まわして少なからず驚いた。

「嘘だろ」アーサーは言った。「サウスエンド〔イングランド南東部、テムズ河口の都市。保養地〕の海岸みたいだ」

「それを聞いてほっとしたよ」とフォード。

「なんで?」

「ぼくの頭がおかしくなったのかと思ったからさ」

「おかしくなったのかもしれないぞ。ぼくがそう言うのを聞いたと思っただけかも」

フォードはちょっと考え込んだ。

「で、きみは言ったのか言わなかったのか、どっちだ」

「言ったような気がする」とアーサーは答えた。

「となると、ふたりとも頭がおかしくなったのかもな」

「うん」とアーサー。「いろいろ考えあわせてみるに、ここがサウスエンドだと思うとしたら、それは頭がおかしいからだろう」

「で、ここはサウスエンドだと思う?」

「もちろん」

「じつはぼくもだ」

「ということは、ぼくらはふたりとも頭がおかしいんだな」

「発狂するにはぴったりの日だもんな」

「たしかに」通りすがりの狂人が言った。

「だれだ、あれ」アーサーが尋ねる。

「だれって——頭が五つあって、燻製ニシンをどっさり突き刺したニワトコの木を持ったやつ？」

「うん」

「知らないな。ただのだれかさんだろ」

「ふうん」

ふたりは歩道に腰をおろし、周囲を眺めていささか落ち着かない気分になった。砂浜では巨大な子供たちがずしんずしんと跳ねまわっている。野生の馬がひづめの音を響かせて空を渡り、追加の強化ガードレールを不確定領域に運んでいく。

「あのさ」アーサーは小さく咳払いをして言った。「もしここがサウスエンドだとすると、すごくおかしなとこがあるんだけど……」

「波が岩みたいにじっと動かなくて、建物のほうが寄せたり返したりしてるってこととか？」とフォード。「たしかにぼくもおかしいと思ったよ。それどころかさあ」と言っているあいだに、ドカンというものすごい音とともにサウスエンドはひとりでに六等分され、互いに互いのまわりを目まぐるしく回転しはじめた。まるで下品でわいせつなダンスでも踊っているようだ。「なんだかものすごく異様なことになってきてるぜ」

管弦楽器の悲鳴が風をつんざいて響き、一個十ペンスのあつあつのドーナツが道路から飛び出し、不気味な魚が空から土砂降りに降ってくる。たまらず、アーサーとフォードは逃げ出すことにした。

ふたりは分厚い音の壁を突き抜け、古代の思想の山脈を、ムードミュージックと外反母趾セミナーと逆子のコウモリの谷を抜け、とそのときだしぬけに若い女の声がした。落ち着きはらった理性的な声だったが、言った内容は「二の十万乗分の一から上昇中」だけ。

フォードは一条の光線を滑りおり、くるりとふりかえって声の出どころを探した。しかし、ほんとうにそこにあると信じられそうなものはなにも見えなかった。

「あの声はなんだ？」アーサーが叫んだ。

「わからない」フォードも怒鳴りかえした。「わからないけど、確率の値を読みあげてるみたいだったな」

「確率？　確率って？」

「確率だよ。ほら、二分の一の確率とか、三分の一とか、五分の四とか言うだろう。さっきの声は二の十万乗分の一って言ってたから、ものすごく低い確率だな」

なんの前ぶれもなく、五百万リットルのカスタード入りのおけが頭上で引っくり返った。

「でも、どういう意味なんだ？」アーサーが叫んだ。

「意味って、このカスタードのか？」

「いや、確率の値ってやつの意味だよ！」

「さあな、見当もつかないな。ここはなんかの宇宙船のなかだと思うんだけど」

「これだけはまちがいないな」とアーサー。「少なくともここはファーストクラスじゃない」

時空構造のあちこちに出っ張りが現れた。大きくて醜い出っ張り。

「うわあああああああ……」アーサーは言った。身体がふにゃふにゃになって、ふだんなら考えられない角度に曲がっていく。「サウスエンドが溶けて消えていく……星がぐるぐるまわってる……砂嵐だ……ぼくの脚が二本とも、夕陽に向かって飛んでいく……左腕もはずれちまった」そのとき恐ろしいことを思いついた。「わあ、デジタル時計をどうやって操作すればいいんだ?」うろたえてフォードのほうに目をまわした。

「フォード、きみペンギンになりかけてるぞ。なんとかしろよ」

またさっきの声がした。

「二の七万五千乗分の一から上昇中」

フォードは怒り狂って、池の周囲をよちよち歩きまわった。

「おい、あんたはだれだ?」彼はキーキー声で言った。「どこにいるんだ? いまなにがどうなってるんだ? これを止めるにはどうしたらいいんだ?」

「落ち着いてください」声は愛想よく言った。片方の翼がもげていて、ふたつあるエンジンのひとつが火を噴いている旅客機のスチュワーデスのように、「まったく危険はありません」

「そういう問題じゃないんだよ！」フォードはわめいた。「まったく危険がなくたって、ペンギンになっちゃしょうがないだろ！　それにこっちの友人はどんどん手足がなくなってるんだ！」

「大丈夫だよ、もう戻ってきた」とアーサーは言った。

「二の五万乗分の一から上昇中」声は言った。

「たしかに、ふだんよりずいぶん長くなってて不便だけど……」とアーサー。

「ほかに言うことはないのか！」フォードが鳥なりの怒りに燃えてわめいた。「ちょっとは説明してくれたっていいだろ！」

声は咳払いをした。遠くで巨大なプチケーキがひとつ転げ落ちるのが見えた。

声は言った。「宇宙船〈黄金の心〉号にようこそ」

声は続けた。

「まわりでおかしなものが見えたり聞こえたりしても、どうぞご心配なく。どうしても初期の副作用が出てしまうのよね。なにしろまちがいなく死ぬところを救われたんですもん。あなたたちが助かる確率は、二の二十七万六千乗分の一か、たぶんもっと小さかったと思うわ。現在この船の巡航確率は二の二万五千乗分の一から上昇中で、正常な状態に戻りしだい、ともかくどういうのが正常な状態なのかわかるはずです。以上です。二の二万乗分の一から上昇中」

声は途切れた。

気がつけば、フォードとアーサーは明るいピンク色の小部屋にいた。

フォードはめちゃくちゃに興奮していた。

「アーサー、すごいことになったぞ！　ぼくらを拾ったのは、無限不可能性ドライブで飛ぶ船だったんだ！　信じられない！　噂には聞いてたけど、みんな公式には否定されてたし。でもとうとう完成したんだな！　不可能性ドライブが完成したんだ！　アーサー、これは……アーサー？　なにしてるんだ？」

アーサーは小部屋に通じるドアに体重をかけて、開かないように押さえていた。しかし、ドアはちゃんと合っていない。か細くて毛むくじゃらの小さい手がいくつも、ドアのすきまから突っ込まれてくる。その手の指はインクで汚れていた。小さい声が熱に浮かされたようにぺちゃぺちゃ言いつづけている。

アーサーは顔をあげた。

「フォード、ドアの外に無限の数のサルがいて、『ハムレット』の台本を仕上げたからぼくらとその話がしたいと言ってるんだけど」

10

無限不可能性ドライブは、恒星と恒星を隔てるはるかな距離を一瞬にして移動できるというすばらしい新技術である。これがあれば、もう超空間でだらだらと退屈な時間を過ごす必要はない。

無限不可能性ドライブが発見されたのはほんの偶然だったが、銀河帝国政府の研究開発チームが惑星ダモグランで開発を進め、制御可能な推進機関に仕立てあげたのだ。

そのいきさつを簡単に説明しよう。

ごくわずかな有限不可能性であれば、強力なブラウン運動発生機（たとえば入れたての熱いお茶とか）内に原子ベクトル記録機を懸吊《けんちょう》し、バンブルウィーニイ第五十七番亜中間子頭脳の論理回路をそこに接続するだけで生成できるし、その原理は言うまでもなくよく理解されていた――どころか、そんな有限不可能性生成機は、パーティで座を盛り上げるためにしょっちゅう利用されていた。不確定性原理にのっとり、女主人の下着の全分子を同時に三十センチほど左にずらすのである。

多くの名高い物理学者は、こんな使いかたには我慢ならないと言った。神聖な科学を汚すものだからという理由もあったが、最大の理由は、かれらがそういうパーティに招いてもらえなかったからだった。

もうひとつ我慢ならなかったのは、無限不可能性フィールドを生成する機械がどうしてもつくれないということだった。無限不可能性フィールドができれば、最も遠い星と星とを隔てる気もひしゃげそうな距離をひとっ飛びに越えることができるのに。物理学者たちはしまいに、そんな機械をつくるのは事実上不可能だと苦りきって発表した。

ところがそんなある日、いつにも増して不調に終わったパーティのあと、残って研究室の片づけをしていた学生が、ふとこんなふうに考えはじめた。

もしもそんな機械が事実上不可能だとすれば、論理的に言って、その不可能性は有限のはずだ。とすれば、それがどれぐらい不可能なのか正確に計算し、その数値を有限不可能性生成機に入力し、火傷しそうに熱いお茶を入れてやれば……あとはスイッチを入れるだけでいいのではないか？

そのとおりやってみたところ、彼は少なからず驚くことになった。というのも、長く待ち望まれた黄金の無限不可能性生成機を、無から生み出すことに成功してしまったからである。

だがさらなる驚きが彼を待っていた。とんでもなく頭がよかったというので銀河協会賞を授与された直後、怒れる暴徒と化した名高い物理学者たちに襲われて殺されたのだ。

なにが我慢できないと言って、小賢しい若造ぐらい我慢できないものはないということに、物理学者たちはついに気がついたのだった。

11

〈黄金の心〉号の耐不可能性コントロール室は、ふつうの宇宙船とまったく変わりなく見えた。ただちがうのは、できたてのほやほやなのでどこもかしこもぴかぴかだということだ。コントロール席の椅子には、まだビニールのカバーがかかったままのものもあった。この部屋はおおむね白で統一されていて、長方形で、広さは小さめのレストランほど。実際には完璧な長方形ではない。ふたつの長辺の壁は、刷毛で掃いたように平行する曲線を描いている。そして角《かど》という角、隅という隅には、感心するほどみごとに丸みを帯びた張り出しがついていた。ほんとうのことを言えば、ふつうの直線的な長方形にしたほうがずっと単純で実用的だっただろうが、そんなことをしたら設計者たちが気落ちしたにちがいない。いまのままでもじゅうぶん、いかにも重大な使命を帯びた宇宙船のコントロール室らしく見える。へこんだほうの壁ぎわには制御誘導システムパネルがあって、そのうえには大きな画面がいくつも並んでいるし、出っ張ったほうの壁にはコンピュータがずらりと並んでいる。片隅には一台のロボットが背を丸めてうずくまっていた。輝くブラシ仕上げステンレススチールの頭を、輝くブラシ仕上げステンレススチールの膝のあいだに力なく垂らしている。これまたほとんど新品なのだが、みごとに組み立てられて磨きたてられているのに、そのほぼヒト型のボディは、なぜか各パーツがきっちり合っていないように見える。実際には完璧に合っているのだが、その立ち居ふるまいを見ていると、なんとなく合っていないような気がしてくるのだ。

ゼイフォード・ビーブルブロックスは、室内をそわそわと行ったり来たりしていた。輝く機器類を手でなでては、興奮して笑い声をたてている。

トリリアンは計器の前に座って、前かがみになって数値を読みあげていた。その声は放送システムを通じて船じゅうに響いている。

「五分の一から上昇中……四分の一から上昇中……三分の一……二分の一……一分の一……確率は一分の一、船は正常に戻りました。くりかえします、船は正常に戻りました」

マイクのスイッチを切り、思いなおして入れなおし、ちょっとにやにやしながら続けた。

「ですから、まだなにか気に入らないことがあるとしたら、それはあなた自身の問題です。すぐに迎えをやりますから、落ち着いて待っていてください」

ゼイフォードがいきなり癇癪を起こした。「トリリアン、あれはどういう連中だ?」

トリリアンは椅子をまわし、ゼイフォードに顔を向けて肩をすくめた。

「どうやら人をふたり拾っちゃったみたいね」彼女は言った。「なんにもないところで——ちなみに宙区はＺＺ９‐多重《プルーラル》Ｚ‐アルファだわ〔ZZ9は、ソフトウェアの仕様などで数値表示法の指定のために使用される表記。たとえば「ZZZ,ZZ9.ZZ」と指定されていれば、実際の数値は「123,456.78」のように表示される。"Z"はゼロ・サプレスの略で、端の桁がゼロのときは空白表示にするという意味。つまりこの例では値が1234.5なら「001,234.50」ではなく「1,234.5」と表示する。一の位だけが9なのは、値がゼロのとき一の位に0を表示させるため。なお「プルーラル・Z」で思い出すのは英語の発音表記「plural /z/」だろう。これはもちろん、複数形の"s"を「ズ」と発音するという意味である〕

「まあそりゃ、すごくいい心がけではあるがね」ゼイフォードはぶつぶつ言った。「こういう状況じゃ、あんまり賢いことじゃないんじゃないのか？　いまはこうして逃亡してるさいちゅうなんだし、いまごろは銀河系の警察の半分がこの船を追ってるはずだし、そんなときに停まってヒッチハイカーを拾うってのは。そりゃ、かっこいいってことじゃ十点満点だろうがね、思慮分別の面じゃマイナス数百万点ってことになるんじゃないのか」

彼はいらいらと制御パネルを指で叩いた。トリリアンは黙って彼の手をパネルから遠ざけた。ほっておいたらなににさわるかわからない。威勢がいいとかはったり屋だとかうぬぼれが強いとか、ほかにどんな性質を備えているにしても、ゼイフォードが機械音痴なのはまちがいない。大げさな身ぶり手ぶりで、いつこの船を吹っ飛ばしても不思議はなかった。このごろトリリアンは疑問に思うのだが、彼がこれほど波瀾に富んだ成功者の人生を歩んでこられたのは、なにをやるときでもその行動のもたらす影響をちゃんと考えたことがないからではないだろうか。

「ゼイフォード」彼女は落ち着いて言い聞かせた。「あのふたり、宇宙服も着けずに宇宙空間を漂ってたのよ。あのまま死なせたほうがよかったっていうの？」

「いや、そりゃまあ……それほどじゃないが、しかし……」

「それほどじゃないって？　それほどよくはなかったってこと？　それで、『しかし』なに？」トリリアンは首をかしげた。

「その、あとでほかの船が拾ったかもしれないし」

「あと一秒であのふたりは死んでたのよ」

「そこだよ。もうちょっと長くどうしようかって悩んでたら、問題は消えてなくなってたんだよ」

「見殺しにして平気なの？」

「いや、そりゃそれほど平気ってわけじゃないが、しかし……」

「それはともかく」とトリリアンはまた制御パネルに顔を向けて、「わたしが拾ったわけじゃないわ」

「どういうことだ？　じゃあだれが拾ったんだ？」

「この船よ」

「へ？」

「この船がやったの。自分で勝手に」

「へ？」

「不可能性ドライブで飛んでるあいだに」

「ありえない」

「ありえなくはないわ。ただ、起こる確率がすごくすごく低いっていうだけ」

「ああ、そりゃそうだ」

「ゼイフォードったら」と彼の腕を軽く叩いて、「あのふたりのことなら心配しなくても大丈夫よ。たぶんただのヒッチハイカーだと思うわ。ロボットを迎えにやって連れてこさせましょう。マーヴィン、ちょっと来て！」

先ほどの片隅でロボットはぱっと顔をあげたが、やがてその首をほとんどわからないぐらいにふった。のろのろと立ちあがるさまは、実際より二キロほど身体が重いかのようだ。それを見ていると、ただこちらに近づいてくるだけなのに、途方もない難事に雄々しく立ち向かっているのかと錯覚しそうになる。トリリアンの前で立ち止まったが、まるで彼女の左肩を透かして向こうを見ているようだ。

「先にお断りしておきますが、わたしはとても気が滅入っています」ロボットはぼそぼそと暗い声で言った。

「やれやれ」ゼイフォードはうめいて座席に沈み込んだ。

トリリアンはやさしく明るい声で言った。「それじゃ、きっとこれで気が紛れると思うわ。頼みがあるの」

「むだです」マーヴィンはものうげに言った。「わたしは極端に大きな頭脳の持主ですから」

「マーヴィン！」トリリアンが叱った。

「わかりました」とマーヴィン。「なにをすればいいんです？」

「第二搭乗区画に降りていって、ヒッチハイカーふたりをここまで連行してきて」

一マイクロ秒の間《ま》をおき、細かい計算に基づいて声の高さと調子を微調整して（人が腹を立てて当然と思う限界を越えないように）、人間のやることなすことに対する根深い軽蔑と恐怖をそのひとことに込め、マーヴィンは言った。

「それだけですか」

「そうよ」トリリアンがきっぱりと言った。

「面白くない仕事ですね」とマーヴィン。

ゼイフォードが椅子から飛びあがった。

「だれも面白がってくれなんて頼んでない」彼はわめいた。「言われたとおりにしろ」

「わかりました」マーヴィンは、大きなひび割れた鐘のような声で言った。「やります」

「それでいいんだよ」ゼイフォードはぴしゃりと言った。「……まったく……ありがたいやつだ……」

マーヴィンはふり向き、平たい三角形の赤い目をゼイフォードに向けた。

「うっとうしいやつだと思ったでしょ？」みじめったらしい声で言った。

「なにを言うの、マーヴィン」トリリアンは快活に言った。「そんなこと思うわけないでしょ……」

「うっとうしいやつだと思われたくないんです」

「まさか、そんなこと気にしちゃだめよ」あいかわらず快活に、「ただ自然にしてればいいのよ。そうすればなんでもうまく行くんだから」

「ほんとに思ってません？」マーヴィンはしつこく尋ねる。

「もちろんよ」トリリアンは快活に言った。「心配することないわ、ほんとに……これも人生のひとこまよ」

マーヴィンは、電子の眼光をさっと彼女に向けた。

「人生」マーヴィンは言った。「わたしに人生を語らないでください」

彼はどんよりとまわれ右をして、重い足を引きずって部屋を出ていった。ぶーん、かちっと満足げな音を立てて、その背後でドアが閉まる。

「ゼイフォード、これじゃ、いつまであのロボットを我慢できるかわからないわ」トリリアンはうめいた。

『ギャラクティカ大百科』によると、ロボットとは人間の代わりに仕事をさせるためにつくられた機械である。〈シリウス・サイバネティクス〉社販売促進部によると、ロボットとは「いっしょにいて楽しいプラスティックの友だち」である。『銀河ヒッチハイク・ガイド』によると、〈シリウス・サイバネティクス〉社販売促進部は「革命が起きたら真っ先に銃殺される脳たりんの集団」である。この項には脚注がついていて、ロボット工学関係の記者が足りなくなったので興味のあるかた応募歓迎という趣旨のことが書かれている。

興味深いことに、たまたまタイムワープを抜けてきた一千年後の『ギャラクティカ大百科』によると、〈シリウス・サイバネティクス〉社販売促進部は「革命が起きたとき真っ先に銃殺された脳たりんの集団」である。

ピンク色の小部屋はぱっと消え失せ、サルたちはよりよい次元に退いていき、気がつけばフォードとアーサーは宇宙船の搭乗エリアにいた。なかなかしゃれた場所だった。

「この船はできたばっかりみたいだな」フォードが言った。

「どうしてわかる?」アーサーは尋ねた。「変わった機械でも持ってて、金属の年齢がわかるのかい?」

「いや、いまこのパンフレットを拾ったんだ。『宇宙はあなたのものです』みたいな宣伝文句だらけだ。ああ、やっぱり思ったとおりだ」

フォードは、開いたページをアーサーのほうに差し出して指でつついてみせた。

『不可能性物理学における話題沸騰の新機軸。ドライブが無限不可能性に達したとたん、船は宇宙のあらゆる地点を通過します。ほかの大国政府を嫉妬させてやりましょう』だってさ。うひゃあ、こいつはすごい最先端だな」

フォードは船の技術的な仕様を興奮して読みあさり、ときどき驚きのあまり息を呑んでいる。彼が島流しに遭っているあいだに、銀河系の航宙技術はまちがいなく進歩していた。

アーサーはしばらく耳を傾けていたが、フォードの言うことはほとんどちんぷんかんぷんだったので、いつのまにか聞くのをやめて別のことを考えはじめていた。なんに使うのかわからないコンピュータがずらりと並んでいて、そのふちを指でなぞっているうちに、手近のパネルに大きな赤いボタンがついているのに気づいた。それがいかにも押してくださいと言っているようで、なんの気なしに押してみた。パネルがぱっと明るくなり、「このボタンを二度と押さないでください」と表示された。アーサーは身ぶるいした。

「聞けよ」フォードはあいかわらずパンフレットに夢中だった。「この船の人工頭脳《サイバネティクス》はすごいぞ。〈シリウス・サイバネティクス〉の新世代のロボットとコンピュータだ。最新のGPP機能つきだってさ」

「GPP機能?」アーサーは言った。「なんだ、それ」

「つまり、人間そっくりの人格（Genuine People Personalities）を備えてるらしい」

「嘘だろ」とアーサー。「ぞっとしないな」


ふたりの背後で声がした。「そのとおり」声はぼそぼそと暗く、かすかな金属音をともなっている。くるりと向きなおると、世にもあわれな鉄の男が肩を落として入口に立っていた。

「なんだって？」ふたりは言った。

「ぞっとしない」マーヴィンは続けた。「おっしゃるとおり、まったくぞっとしない話です。もうこの話はやめましょう。このドアを見てください」そう言いながらなかに入ってきた。皮肉回路が音声変調器に接続され、彼はパンフレットの文体をまねてこう言った。「この宇宙船のドアはすべて快活明朗な性質を備えています。通る人のために開くのが喜びであり、仕事をぶじ果たしたと知ってまた閉じるのが幸福なのです」


ロボットの背後で閉じたドアに、満足のため息を漏らす人のような雰囲気が漂っているのはまぎれもなかった。

「ふううううううむうううう……ああ！」ドアは言った。


マーヴィンは冷やかな憎悪をこめてドアをにらんだ。彼の論理回路は嫌悪感にカチカチ鳴り、物理的暴力を加えるという概念をもてあそんでいた。そこで次の回路が割り込んできて、そんなことをしてどうする、と言いだした。なんになる？　この世にはかかりあいになる価値のあるものなどなんにもない。それに続く回路は、ひまつぶしにドアの分子構造を分析し、次に目の前のヒト型生物の脳細胞の分子構造も分析した。ことのついでに周囲一パーセク四方の空間の放出水素濃度を測定したが、退屈してまたシャットダウンした。絶望に全身を痙攣させせながら、マーヴィンはふり返った。

「こっちへどうぞ」彼はものうげに言った。「あなたたちをブリッジに連れてこいと命令されています。わたしはね、惑星規模の頭脳の持主なんですよ。そのわたしに、あなたたちをブリッジに連れてこいというんです。仕事のやりがいですって？　なんですかそれは」

彼はふたりに背を向け、憎いドアのほうへ引き返しはじめた。

「あのちょっと、訊きたいことがあるんだけど」フォードはそのあとを追いながら言った。「これはどこの政府の船？」

マーヴィンは聞こえたそぶりも見せなかった。

「このドアを見なさい」彼はぼそりと言った。「また開こうとしている。わたしにはわかるんです。ほら、耐えがたい自己満足の気配が急に立ち込めてきたでしょう」

感じのよい小さな音を立てて、ドアはまたスライドして開き、マーヴィンは腹立たしげにそこを通り過ぎた。

「こっちです」彼は言った。

ふたりは急いでそのあとに続いた。かちっ、ぶーんとうれしそうな音を立ててドアがまた閉まる。

「〈シリウス・サイバネティクス〉社販売促進部と来たら」マーヴィンは足どりも重くとぼとぼと歩きだした。行く手の通路はぴかぴかで、弧を描いてのびている。「『人間そっくりの人格をもったロボットをつくろう』と言いだしたんです。それで試しにつくられたのがわたしです。わたしは人格のプロトタイプなんですよ。おわかりでしょ？」

フォードとアーサーは、気まずい思いでもごもごと否定の言葉を口にした。

「わたしはあのドアが嫌いなんです」マーヴィンは続けた。「いま、わたしのことをうっとうしいやつだと思ったでしょ？」

「これはどこの……」フォードはまた言いかけた。

「どこの政府の船でもありません」ロボットはそれを遮って、「盗まれたんです」

「盗まれた？」

「盗まれた？」マーヴィンが口まねをした。

「だれに？」フォードは尋ねた。

「ゼイフォード・ビーブルブロックスです」

このときのフォードの顔は見ものだった。まったく別々のショックと驚嘆の表情が少なくとも五つ、顔のうえにごたごたに積み重なり入り乱れてわけがわからなくなっている。左足は前に振り出す途中で止まり、それきり床がどこにあるかわからなくなったようだった。彼は穴があくほどロボットの顔を見つめ、槍のように硬直した筋肉の連携を取り戻そうとした。

「ゼイフォード・ビーブルブロックス……」魂の抜けたような声で言った。

「失礼、なにかまずいことでも言ったでしょうか」と言いつつ、マーヴィンはどうでもよさそうに重い足どりで進んでいく。「息をするのも申し訳ない気分です。でも、もともと息なんかしてないのになんでこんなことを言うんだろうわたしは。ああ気が滅入る。またここにも自己満足屋のドアがある。人生！　わたしに人生を語らないでください」

「だれもひとことも語ってないぞ」アーサーはいらいらとつぶやいた。「フォード、どうしたんだ、大丈夫か？」

フォードはアーサーを見つめた。「このロボット、さっきゼイフォード・ビーブルブロックスって言ったか？」彼は言った。

12

けたたましいガンク・ミュージック〔ゴシック・ロックとパンク・ロックを融合させたロック・ミュージック〕が〈黄金の心〉号の船室に響きわたった。ゼイフォードが、自分のニュースを流しているサブイーサ・ラジオの局を探しているのだ。ラジオの操作はなかなかむずかしい。昔のラジオはボタンを押したりダイヤルをまわしたりして操作するものだったが、技術が進むにつれてボタンやダイヤルはタッチパネルに変わり、指先でパネルをなでるだけでよくなった。それがいまでは、ラジオのあるだいたいの方向に手を振り――あとは祈るばかりである。もちろん筋肉の消耗は大いに軽減されるが、同じ局をずっと聞いていたいときには、頭からかっかと湯気を立てつつじっと座っていなくてはならない。

ゼイフォードが手を振るとチャンネルが変わった。またガンク・ミュージックが鳴りだしたが、今度はニュースのBGMだ。ニュースは曲のリズムに合わせてつねに徹底的に編集されている。

「……お聞きのサブイーサ局では、一日じゅう休みなく銀河系全体に最新ニュースをお届けしています」アナウンサーががなりたてた。「宇宙のありとあらゆる知的生命体のみなさんこんにちは。そして知的でない生命体のみなさんもこんにちは。秘訣はいっしょにロックのリズムに乗ることだぜ、ベイビー。今夜のビッグニュースはもちろん、あの話題沸騰の大窃盗事件です。最新の不可能性ドライブを搭載したプロトタイプの宇宙船を盗んだのはだれあろう、あの銀河帝国大統領ゼイフォード・ビーブルブロックスなのです。と聞いて考えることはみな同じ、ビッグZはとうとうイカれてしまったのか？ビーブルブロックスは汎銀河ガラガラドッカンの生みの親であり、もと詐欺師であり、かつてエクセントリカ・ギャランビッツをしてビッグ・バン以来の最高のセックス《ベスト・バン》相手と言わしめ、最近では既知宇宙の知的生物中のワーストドレッサーにこれで七回も選ばれていますが、そんな彼にもついに年貢の納めどきが来たのでしょうか。彼の個人的なカウンセラーであるギャグ・ハルフルント先生に訊きました」

曲が高まったかと思うとだしぬけに音量が落ち、そこで別の声が入ってきた。たぶんハルフルントだろう。「まあなんしぇ、ゼイフォードはああいう男だからでしゅねえ」だが、聞こえたのはそこまでだった。電子鉛筆が部屋の向こうから飛んできて、ラジオのオン・オフ切り換え空間を横切ったのだ。ゼイフォードはふり向いて、トリリアンをにらみつけた——鉛筆を投げたのは彼女だったので。

「なんだよ、なんでそんなことをする？」

トリリアンは数字でいっぱいの画面を指で叩いた。

「思いついたことがあるの」

「ふうん、おれのニュースを途中で消すぐらい重要なことなんだろうな」

「もうじゅうぶん自分のニュースは聞いたでしょ」

「おれはぜんぜん自信のない男なんだよ。知ってるだろ」

「ちょっとだけあなたのエゴをわきに置いとけない？　大事なことなのよ」

「おれのエゴより大事なものがあるんなら、いますぐひっつかまえて撃ち殺してやりたいね」ゼイフォードはまた彼女をにらみつけたが、やがて笑いだした。

「聞いて」彼女は言った。「さっき拾ったあのふたりだけど……」

「どのふたり？」

「さっき拾ったふたりよ」

「ああ、あのふたりね」

「あのふたりを拾った宙区は、ZZ9‐プルーラルZ‐アルファだったわ」

「だから？」ゼイフォードは目をぱちくりさせた。

トリリアンは穏やかに言った。「なんにも思い当たることはない？」

「うーん」とゼイフォード。「ZZ9‐プルーラルZ‐アルファ。ZZ9‐プルーラルZ‐アルファだって？」

「どう？」

「えー……このZはどういう意味だ？」

「どのZ？」

「どれでもさ」

ゼイフォードとつきあうのは楽ではなかった。とくに厄介なのは見分けがつかないことだ——他人を油断させるために馬鹿のふりをしているのか、自分で考えるのがめんどくさいので人に考えさせるために馬鹿のふりをしているのか、なにがどうなっているのかほんとうにわからないので、それを隠すためにとんでもない馬鹿のふりをしているのか、あるいはほんとうに馬鹿なので馬鹿をやっているのか。ゼイフォードは感動的に頭が切れると言われているし、それは事実そのとおりだ——が、そうでないときもある。彼は明らかにそれを気に病んでいて、演技をするのはそのせいだ。見下されるよりは煙に巻くほうがいいと思っているのだ。それこそきわめつきに馬鹿なまねだとトリリアンは思うが、もうそのことで議論する気にはなれなかった。

彼女はため息をつき、大画面に星図を呼び出してわかりやすくしてやった。ゼイフォードが馬鹿のふりをしている理由はともかく。

「ほら」彼女は指さした。「ここよ」

「ああ……そうか！」

「わかった？」

「なにが？」

彼女の脳みその半分は、残り半分に向かって金切り声をあげていた。彼女はこのうえなく穏やかに言った。「ここはね、あなたが最初にわたしを拾った宙区なの」

ゼイフォードは彼女を見、次いでまた画面を見た。

「ああ、そうか」彼は言った。「そりゃ奇天烈な話だな。この船は馬頭星雲のまんなかに突っ込んだはずなのに。なんだってそんなところに出たんだ？　だってなんにもないとこじゃないか」

彼女は聞かなかったふりをした。

「不可能性ドライブのせいよ」と辛抱強く言った。「自分で説明してくれたじゃない。宇宙のあらゆる地点を通るんだって」

「そりゃそうだが、それにしてもすごい偶然じゃないか」

「そうね」

「あんなとこで人を拾うって？　この広い宇宙で選りにも選って？　それはちょっと……これは計算してみなくちゃな。コンピュータ！」

〈シリウス・サイバネティクス〉社製船載コンピュータは、船の隅から隅まで制御し、船の隅から隅まで遍在している。それが会話モードに入った。

「やあどうもどうも！」快活に言うのと同時に、ただ記録のためだけに細い紙テープを吐き出しはじめる。その紙テープにも「やあどうもどうも！」と書かれていた。

「このくそ」ゼイフォードは言った。まだ使いはじめたばかりだが、もうこのコンピュータが我慢ならなくなっていた。

コンピュータは押しつけがましく陽気に言葉を続ける。まるで洗剤のセールスマンだ。

「こんな問題あんな問題、なんでもこのわたしが解決のお手伝いをいたします」

「わかったわかった」ゼイフォードは言った。「もういい、自分で計算するから」

「そうですか」コンピュータは言い、それと同時にその同じ台詞をごみ入れに吐き出しながら、「承知しました。もしなにかご用が――」

「やかましい！」ゼイフォードは鉛筆をひっつかむと、コンソールのトリリアンの隣に腰をおろした。

「わかりました、わかりましたよ……」コンピュータは傷ついたような声で言って、発話チャネルを閉じた。

ゼイフォードとトリリアンの前には不可能性飛行経路スキャナーがあり、それが黙って表示する数字をふたりはじっと見つめた。

「あのふたりの視点から、救出の不可能性を計算できるかな」とゼイフォード。

「ええ、それは定数だもの」とトリリアン。「二の二十七万六千七百とんで九乗分の一よ」

「そりゃすごいな。滅茶苦茶に運のいいやつらだ」

「そうね」

「だが、相対的な不可能性は？　この船があいつらを拾ったとき、おれたちがやってたことを考え合わせると……」

トリリアンは数字を呼び出した。表示された値は、二の無限マイナス一乗分の一（不可能性物理学で使われる、慣例的な意味しかもたない無理数）。

「……そりゃまたずいぶん低いな」ゼイフォードは低く口笛を吹いた。

「ええ」トリリアンは言って、けげんそうな目を彼に向けた。

「そんなとてつもない不可能性はちょっと説明がつかない。よっぽど不可能なことが起きないと合計が合わなくなる」

ゼイフォードはいくつか数字を書きなぐって足し算をし、それをバッテンで消して鉛筆を放り投げた。

「くそったれ、とても計算できん」

「それで？」

ゼイフォードはふたつの頭をいらいらとぶつけ合わせ、歯ぎしりをした。

「しょうがない」彼は言った。「コンピュータ！」

音声回路が待ってましたと息を吹き返す。

「やあどうもどうもどうも！」回路は言った（テープもカタカタ吐き出される）。「わたしの願いはただひとつ、みなさんの毎日をより快適に、より楽しく、よりすばらしく……」

「わかったから、その口を閉じておれの代わりに計算してくれ」

「お任せください」コンピュータはしゃべりまくった。「お求めの答えは予測確率ですね、その……」

「ああ、不可能性データに基づく確率だ」

「承知しました」コンピュータは続けた。「ひとつ興味深い説があります。お気づきでしょうか、人生はたいてい電話番号に支配されているんですよ」

苦悶の色がゼイフォードのいっぽうの顔にじわじわと広がり、それがもういっぽうの顔にも伝わっていく。

「気でも狂ったのか」彼は言った。

「いいえ、でもわたしの話を聞けばあなたは気が狂うかも……」

トリリアンが息を呑んだ。不可能性飛行経路スキャナーのボタンをあせっていじりまわす。

「電話番号？」彼女は言った。「その機械、いま電話番号って言った？」

スキャナーの画面に数字がぱっと表示された。

コンピュータはおとなしく口をつぐんでいたが、やがてまた口を開いた。

「わたしが言おうとしていたのは……」

「言わなくていいわ」

「なあ、どういうことだ？」とゼイフォード。

「わからないけど、あのヒッチハイカー――あの根暗のロボットに連れられて、いまこのブリッジに向かってるはずよね。モニターカメラで映像を見られる？」

13

マーヴィンは通路をとぼとぼと歩きながら、あいかわらず愚痴をこぼしていた。

「……それだけじゃなくて、ひどく痛むんです。左半身のダイオードが残らず……」

「ほんとに？」アーサーは、マーヴィンと並んで歩きながら不機嫌に言った。「そりゃ大変だな」

「そうなんです」とマーヴィン。「もちろん交換してくれと頼んでるんですが、だれも聞いてくれません」

「わかるよ」

フォードのいるほうからは、たえず低い口笛やらハミングやらが聞こえてくる。「いやいやいや」彼はひっきりなしにそうつぶやいていた。「ゼイフォード・ビーブルブロックスとは……」

ふいにマーヴィンは立ち止まり、片手をあげた。

「いまどういうことになってるか、もちろんおわかりでしょ？」

「いや、どうなってるんだ？」アーサーは言ったが、できれば知りたくなかった。

「またドアの前に来たんです」

通路の壁にスライド式のドアがあった。マーヴィンはそれをうさんくさげににらんでいる。

「それで？」フォードがしびれを切らして言った。「そのなかに入るのか？」

「そのなかに入るのか？」マーヴィンが口まねをした。「ええ、これがブリッジの入口ですから。わたしはあなたたちをブリッジに連れてこいと命令されました。たぶんこれが、知的能力を要求される本日最大の仕事でしょう。だとしても驚きはしませんが」

そろそろと、激しい憎悪をこめて、彼はドアに向かって歩いていった。獲物に忍び寄るハンターのように。だしぬけにドアは開いた。

「ありがとうございます」ドアは言った。「お役に立ててこんなにうれしいことはありません」

マーヴィンの胸の奥深くでギヤがきしんだ。

「不思議だ」陰々滅々と言った。「これ以上に悪くなりようがないと思うと、とたんにもっと悪くなる」

彼は重い身体を引きずってドアのなかに入っていった。あとに残されたフォードとアーサーは顔を見合わせ、そろって肩をすくめた。なかからまたマーヴィンの声がする。

「ヒッチハイカーを連れてきました。お会いになりたいでしょうね。わたしはどうしたらいいですか。錆びつくまで隅に座っていましょうか。それともいまここでばらばらになったほうがいいですか」

「そうだな、ふたりをなかに案内してくれないか、マーヴィン」別の声が言った。

アーサーはフォードの顔を見て肝をつぶした。笑っている。

「どうして……?」

「しーっ!」とフォード。「行こう」

そう言うと、彼はブリッジに入っていった。

アーサーは恐る恐るついていき、なかの男を見てまた肝をつぶした。椅子にだらしなく寄りかかり、両足を制御コンソールにのせて、右側の頭の歯を左手でせせっている。右側の頭はこの仕事に完全に没頭しているようだったが、左側の頭は顔に満面の笑みを浮かべていた。くつろいだのんきな笑み。アーサーがわが目を疑う理由がそこにはいくつもあった。どうしてよいかわからず、彼はしばらく口をぱくぱくさせていた。

奇妙な男はフォードに向かってのんびり手を振り、わざとらしくのんきなふりをして、「やあフォード、元気か？　寄ってくれてうれしいよ」

フォードも負けていなかった。

「やあゼイフォード」彼はおざなりに言った。「久しぶりだな。元気そうじゃないか、三本目の腕がよく似合ってるよ。いい船を盗んだな」

アーサーは目を剝いた。

「こいつを知ってるのか?」と、ゼイフォードに突きつけた指を振りまわす。

「知ってるかって!」フォードは大声をあげた。「あれは……」そこでいったん言葉を切り、逆方向から紹介することにした。「ああゼイフォード、これはぼくの友だちで、アーサー・デントっていうんだ。こいつの住んでた惑星《ほし》が吹っ飛ばされたんで助けてきたんだよ」

「へえ」とゼイフォードは言った。「やあアーサー、助かってよかったな」右側の頭がどうでもよさそうにこっちを向き、「やあ」と言うなりまた歯をせせりに戻った。

フォードは続けた。「アーサー、これはぼくのまたいとこで、ゼイフォード・ビーブ――」

「前に会った」アーサーが言い放った。

追い越し車線を快調に走っていて、必死で飛ばしている車を何台も軽々と追い抜いてすっかり悦に入っているときに、ギヤを四速《フォース》から三速《サード》に入れるつもりがまちがってローに入れ、エンジンがボンネットから飛び出してしっちゃかめっちゃかになってしまったら、たぶんだれでもちょっと調子が狂うだろう。アーサーのひとことは、フォード・プリーフェクトにそれと同様の効果をもたらした。

「えっ……なんだって?」彼は言った。

「前に会ったって言ったんだ」

ゼイフォードは驚いてぶざまに飛びあがり、歯茎を思いきり楊枝で突いてしまった。

「いやあ……えーと、会ったっけ？　いやあ……えーと……」

フォードは目を怒らせてアーサーに食ってかかった。住み慣れた世界に戻ってきたのを実感しはじめたいま、この無知な原始人を連れてまわるのが急にいやになってきた。こいつは銀河系のことなどなにひとつ知らないのだ。イルフォード〔グレーター・ロンドンの一部〕の蚊が北京のことをなにひとつ知らないのとおんなじだ。

「前に会ったって、どういう意味だ。これはベテルギウス星系第五惑星生まれのゼイフォード・ビーブルブロックスだぞ。クロイドン〔グレーター・ロンドンの自治区〕のマーティン・スミスじゃないんだ」

「知るもんか」アーサーは冷たく言い放った。「前にも会ったろ、ゼイフォード・ビーブルブロックス――それとも……フィルと呼ぼうか？」

「なんだって！」フォードが叫ぶ。

「ヒントをくれないかな」ゼイフォードが言った。「どうも異種生物の顔は覚えられなくてね」

「パーティで会ったんだ」アーサーは話を続けた。

「うーん、いや、憶えがないなあ」とゼイフォード。

「たいがいにしろよ、アーサー!」フォードが言った。

アーサーは耳を貸さなかった。「半年前のパーティだ。地球の……イギリスの……」

ゼイフォードはなにも言わず、笑って首をふった。

「ロンドンの」アーサーはめげずに続けた。「イズリントンの」

「あっ」ゼイフォードはしまったという顔をして、「あー、あのパーティか」

これはあんまりだ。フォードはアーサーとゼイフォードを交互に見くらべ、「どういうことだ?」とゼイフォードに向かって言った。「まさか、あのしょぼくれた惑星に来てたっていうんじゃないだろうな」

「まさか、そんなはずないだろ」ゼイフォードは軽くかわした。「そりゃまあ、ちょっと寄ったかもしれないな。ほら、どこかへ行く途中で……」

「ぼくはあそこに十五年も足止めを食らってたんだぞ!」

「いや、だっておれは知らなかったんだから」

「それにしても、あそこでなにをしてたんだ?」

「そりゃ、ちょっと見てまわったり」

「そいつは招待もされてないのに押しかけてきたんだ、パーティに」アーサーは怒りに震えていた。「仮装パーティに……」

「そりゃ、そうでなきゃ無理だよな」とフォード。

「そのパーティの席で」アーサーは言い募った。「ぼくはある女の子に会って……ああちくしょう、いまとなっちゃどうでもいいことだよな。どっちみちみんな煙になっちまったんだから……」

「もういい加減、あの惑星のことでくよくよすんのはやめろよ」フォードは言った。

「で、その女の子ってだれなんだ？」

「別にだれってことはないさ。ああそうだよ、あんまりうまく行ってなかったよ。ひと晩じゅうがんばってたんだけどな。それにしても、あんな女の子はめったにいないね。美人で、かわいくて、滅茶苦茶に頭がよくて。それでも、ともかくやっと彼女をつかまえてちょっとばかり話しかけてたら、そこへきみの親戚が割り込んできて、『やあ彼女、こいつに退屈してるんじゃないの？　だったらおれと話さない？　おれは別の惑星から来たんだぜ』だとさ。それきり二度と彼女には会えなかったよ」

「それがゼイフォードだって？」フォードは大声で言った。

「まちがいない」アーサーはゼイフォードをにらみつけ、なにやってんだおれと思いそうになるのを押さえつけた。「腕は二本しかなかったし、頭もひとつだったし、フィルと名乗ってたけど、それでも……」

「それでも、たしかに別の惑星の人だったのは認めるしかないでしょ」トリリアンが言った。ブリッジの向こう端にそろそろと目を向けると、彼女の姿が視界に入ってきた。

その顔に浮かぶ愛想のいい笑みは、一トンの煉瓦のようにアーサーにずしりとのしかかった。トリリアンはまた制御コンソールに目を戻した。

しばらくだれもなにも言わなかったが、引っかきまわされてごちゃごちゃになったアーサーの脳みその奥から、やがて言葉がいくつか這い出してきた。

「トリシア・マクミラン?」彼は言った。「ここでなにをしてるの」

「あなたと同じ、ヒッチハイクしたのよ。だって、数学と宇宙物理学で学位をとってたらほかにすることってある? ここに来てなければ、また月曜に失業手当の列に並ぶだけだもの」

「無限マイナス一」コンピュータがぺちゃくちゃ言いはじめた。「不可能性の総計が出ました」

ゼイフォードはまわりに目をやった。フォードを見、アーサーを見、次にトリリアンに目を向ける。

「トリリアン」彼は言った。「不可能性ドライブを使うたびに、毎回こういうことが起きるのか?」

「どうもそうみたいね」彼女は言った。

14

〈黄金の心〉号は音もなく闇の宇宙を飛んでいた。いまは通常の光子ドライブ航法だ。四人の乗員は気まずい思いをしていた。この船に乗り合わせたのは自分の意志やたんなる偶然ではなく、奇妙にねじくれた物理法則のせいだったとは。人間どうしの関係も、原子や分子の関係と同じ法則に縛られているというのだろうか。

船に人工の夜が訪れると、四人はほっとしてそれぞれの船室に引き取り、頭のなかを整理しようとした。

トリリアンは眠れなかった。ソファに腰をおろし、小さなケージをのぞき込んだ。なかに入っているのは、地球との最後にして唯一のつながり——二匹の白ねずみだった。どうしても連れていくと言ってゼイフォードに承知させたのだ。ふたたびあの惑星を目にする日があるとは思っていなかったが、それが破壊されたと聞いてもなんの感慨も起きないのが気にかかった。自分とは無縁の非現実的な話に思えて、どう考えていいのかわからない。ねずみがケージのなかを走りまわり、小さなプラスティックの踏み車を一心不乱にまわすのを見つめ、ほかのことは頭から締め出した。ふいに身震いし、またブリッジに出ていった。点滅する小さな光と数字が、虚空を進む船の航跡を記録していくのを見守る。わたしはいったい、なにを考えまいとしているのだろうと思いながら。ゼイフォードは眠れなかった。彼もまた、おれはいったいなにを考えまいとしているのだろうと思っていた。思い出せるかぎりずっと昔から、なにかおかしいというかすかないらだちに悩まされてきた。ふだんならそんな思いは頭から振り払って忘れていられるのだが、フォード・プリーフェクトとアーサー・デントの不可解な突然の登場のせいで呼び覚まされてしまった。なぜかそこには、彼には見えないあるパターンが隠れているような気がする。

フォードは眠れなかった。また放浪の旅に戻れて興奮しきっていた。この十五年、監獄に入れられたも同然の日々だったが、もうほとんどあきらめかけていた矢先にそんな日々は終わった。しばらくゼイフォードとうろつきまわるのはきっと大いに愉快だろう。ただ、どこがどうとは言えないが、このまたいとこにはなんとなくおかしなところがある。銀河帝国大統領になっていたのには正直肝をつぶしたし、その地位を投げ捨てたいきさつについてもそれは同様だ。なにか理由があるのだろうか。ゼイフォードに訊いてもしかたがないだろう。昔から、なにをするでも理由などありそうには見えなかったものだ。彼の不可解さは芸術の域に達している。この世の森羅万象を驚くべき天才と子供っぽい無能さとで引っかきまわしてきたが、どっちがどっちと見分けるのはたいてい楽ではなかった。

アーサーは眠っていた。もうくたくただったのだ。

ゼイフォードの部屋のドアをノックする者があった。ドアが開く。

「ゼイフォード……？」

「うん？」

楕円形の光に輪郭を浮かびあがらせて、トリリアンが立っていた。

「あなたの探してたものが見つかったみたいよ」

「おい、ほんとか？」


フォードは眠るのをあきらめた。部屋の隅に小型のコンピュータ画面とキーボードがあったので、その前に腰をおろす。ヴォゴン人について『ガイド』に載せる新しい記事を書こうとしたが、満足いくほど辛辣な文章が思い浮かばず、やがてこれもあきらめて、ローブを引っかけてブリッジに散歩に出ていった。

ブリッジに入ってみて驚いた。ふたりの人物が興奮気味に計器にかがみ込んでいるではないか。

「ほらね、船はもうすぐ周回軌道に乗るところよ」トリリアンが言っている。「あそこに惑星があるのよ。あなたが予想していたとおりの座標に」

ゼイフォードが物音に気づいて顔をあげた。

「フォード！」声を殺して呼びかけてきた。「ちょっと、こっちへ来てこれを見てくれ」

フォードは寄っていってのぞき込んだ。画面に一連の数字が点滅している。

「この銀河座標に覚えはないか？」とゼイフォード。

「いや」

「ヒントをやるよ。コンピュータ！」

「やあ、みなさん！」コンピュータが浮かれた声で言った。「なんだか親密な雰囲気になってきましたねえ」

「やかましい」とゼイフォード。「画面をつけろ」

ブリッジの照明が落ちた。細い光の筋がコンソールを照らし、四対の目がその光を反射させつつ外部モニター画面を見あげる。

画面にはまったくなにも映っていなかった。

「わかったか？」ゼイフォードがささやいた。

フォードはまゆをひそめた。

「えーと、いや」

「なにが見える？」

「なにも」

「わかっただろ？」

「いったいなんの話だ？」

「ここは馬頭星雲のなかだ。巨大な真っ黒い雲のなかなんだよ」

「この真っ暗な画面を見て、それをわかれってのは無理な相談だろ」

「銀河系のなかで、画面が真っ暗になる場所は暗黒星雲のなかだけだ」

「なるほどね」

ゼイフォードは笑った。なぜだかわからないが、見るからに有頂天になっている。それも子供っぽいと言っていいぐらいに。

「いいか、これはほんとにすごいことなんだ。もうなんて言っていいかわからないぐらいだぜ！」

「塵の雲のなかに突っ込んで、なにがそんなにすごいんだ」フォードは言った。

「ここでなにが見つかると思う？」ゼイフォードはしつこく尋ねた。

「なにも」

「恒星も、惑星も、ぜんぜんなにも？」

「だろうね」

「コンピュータ！」ゼイフォードは声を張りあげた。「モニターカメラを百八十度まわせ。言っとくがひとこともしゃべるなよ！」

しばらくはなんの変化も見えなかったが、やがて巨大な画面の端に明るいものが見えてきた。小皿ほどの大きさの赤い星が画面を滑り、そのすぐあとに別の星が続く――連星系だ。やがて巨大な三日月が画面の隅から滑り込んできた。赤い光が薄れて深い漆黒に変わっていく。惑星の夜の側だ。

「見つけたぞ！」ゼイフォードが叫び、コンソールをこぶしで叩いた。「ついに見つけた！」

フォードはそれをあきれて眺めていた。

「あれはなんだ？」彼は尋ねた。

「あれは……」とゼイフォード。「宇宙始まって以来の最もありえない惑星さ」

15

（出典：『銀河ヒッチハイク・ガイド』六三四七八四ページ、五－ａ節、見出し語「マグラシア」）

時のかなたにかすむ太古の時代、先の銀河帝国の大いなる栄光の日々、世界は荒々しく、豊かで、そしておおむね非課税であった。

力強い宇宙船が未知の恒星と恒星のあいだを切り開き、冒険と富を求めて銀河系宇宙のはるか辺境に分け入っていった。勇猛果敢な時代、賭け金は高く、男は真の男であり、女は真の女であり、アルファ・ケンタウリの小さい毛玉生物は真のアルファ・ケンタウリの小さい毛玉生物であった。だれもが大胆に未知の領域に足を踏み入れ、偉大な事績を残し、だれも恐れて近づかなかった無給の闇を現物支給で切り裂き——このようにして帝国は鍛えられた。

もちろん途方もない大富豪がおおぜい生まれたが、これはまったく当然のことであり、恥じるべき点はなにひとつなかった。というのも真に貧しい者はひとりもいなかったから——少なくとも、語るに足るほどの者のなかには。けれども、莫大な財を築き名をなした豪商たちには、人生はどうしても退屈でちまちましたものになりがちだ。というわけで、これは住んでいる星が悪いのだとかれらは思うようになった。どんな星も完全無欠ということはない。夕方近くなると気候がいまひとつだとか、昼間が半時間長すぎるとか、海の色がどんぴしゃりに不快な色あいのピンクだとか。

こうして条件は整い、ここにあっと驚く新たな高度産業が誕生した。すなわちオーダーメイドの豪華惑星の建造という産業である。この産業を生んだ惑星マグラシアの超空間技術者たちは、ホワイトホールを通じて物質を空間に集め、それを夢の惑星に仕立てあげた。黄金の惑星、プラチナの惑星、柔らかいゴム製でしょっちゅう地震の起きる惑星——銀河系有数の大富豪が求める厳しい基準に合わせて、すべてが美しくつくられていた。

しかし、この産業がめざましい成功を収めすぎて、マグラシアじたいがまもなく宇宙始まって以来の裕福な惑星になり、銀河系のほかの星々は極貧状態に陥った。こうして社会の基盤が崩れ、帝国は滅び、十億の飢えた星々は長く憂鬱な沈黙に閉ざされた。その静寂を乱すのは、学者たちの走らせるペンの音だけ。かれらは夜の更けるのも忘れ、ひとりよがりのつまらない論文をせっせと書きつづけて、計画経済のすばらしさを褒めたたえていたのである。
マグラシアは消え失せ、やがてその記憶はあいまいな伝説に変わっていった。
いまの進んだ世の中、こんな伝説を信じる者はもちろんひとりも残っていない。

16

アーサーは言い争う声で目を覚まし、ブリッジに出ていった。フォードが両手を振りまわしている。

「気でもちがったのか、ゼイフォード。マグラシアは神話だ、おとぎ話だ、子供を寝かしつけるとき、将来この子を経済学者にと思って親が語って聞かせるお話なんだ。マグラシアは……」

「マグラシアは、おれたちがいまそのまわりをまわっている星なんだよ」ゼイフォードは譲らなかった。

「おまえの脳みそがどんな星のまわりをまわってるか知らないがね」とフォード。「でも、この船は……」

「コンピュータ！」ゼイフォードが怒鳴った。

「勘弁してくれよ……」

「はいはいどうも！　わたしはエディ、みなさんの船載コンピュータです。わたしはいま最高の気分です。どんなプログラムをかけられても、無上極上の喜びを感じつつ実行させていただきます」

アーサーは問いかけるようにトリリアンに目を向けた。彼女は手招きしたが、黙っていろとも合図してきた。

「コンピュータ」ゼイフォードは言った。「もう一度、船の現在の軌道について説明しろ」

「それはもう喜んで」コンピュータはまくしたてた。「本船はいま、伝説の惑星マグラシアの上空五百キロメートルをまわる軌道に乗っています」

「なんの証拠になるんだ」フォードは言った。「そのコンピュータの言うことなんか信じられないね。ぼくの体重だって当てられるもんか」

「とんでもない」コンピュータが勢いこんで言い、ますます紙テープを吐き出した。「よろしければ、あなたの人格上の欠陥だって小数点以下十桁まで正確に計算してさしあげますよ」

トリリアンが口をはさんだ。

「ゼイフォード、もうすぐ惑星の昼の側に出るわよ」さらに付け加えて、「この惑星がなんだったとしてもね」

「おいおい、そりゃどういう意味だ？　この惑星はおれがあると言ったとおりの場所にあったじゃないか」

「ええ、たしかに惑星はあったわね。べつに議論がしたいわけじゃないのよ。ただ、あれがマグラシアだろうと、ただの冷たい石の塊だろうと、わたしには区別がつかないっていうだけ。お望みならすぐに夜明けが見られるけど」

「わかった、わかったよ」ゼイフォードはぶつくさ言った。「せめていい風景でも眺めようじゃないか。コンピュータ！」

「はいはいどうも、ご用の向きは――」

「やかましい。その口を閉じて、また惑星の映像を見せてくれ」

黒いのっぺりした塊が、ふたたび画面いっぱいに映し出された。星は船の下で回転している。

四人はしばらく無言でそれを眺めていたが、ゼイフォードは興奮でそわそわしていた。

「いまは夜の側を通過中だ……」彼は押し殺した声で言った。惑星は回転しつづける。

「地表はいま五百キロ下にある……」彼は続けた。いまこの瞬間にふさわしい雰囲気を取り戻したかった。これは偉大な瞬間であるはずだ。あれはマグラシアだ！　フォードの懐疑的な反応がしゃくにさわる。あれはマグラシアなんだ！

「あと数秒で見えてくるはずだ……ほら！」

雰囲気を盛りあげる必要などなかった。どんなに旅行ずれしたヒッチハイカーでも、宇宙空間から見る日の出の壮大な景観には鳥肌が立つものだ。まして、連星系の日の出は銀河系の驚異のひとつなのである。

完全な暗黒のなかから、目もくらむ光の点がいきなり突き刺さってくる。光はじりじりと上昇し、横に広がって細い三日月形の刃となり、数秒後にはふたつの太陽が見えてきた。ふたつの沸騰する光が、黒い地平を白い炎で焼き焦がす。船の下の薄い大気を貫いて、強烈な色彩が筋を描いた。

「燃える夜明けだ！」ゼイフォードが息を呑んだ。「双子の太陽、スーリアニスとラームだ！」

「わかるもんか」フォードが低い声で言った。

「スーリアニスとラームなんだよ！」ゼイフォードが言い張る。

ふたつの太陽が暗黒の宇宙に燃える光を投げかける。そしてブリッジには陰気な曲が低く流れていた。マーヴィンがいやがらせにハミングしているのだ。彼は人間がそれほど嫌いなのである。

眼前に展開する壮麗な光のドラマを眺めるうちに、フォードの胸に灼けつくような興奮が湧いてきた。それは未知の惑星に出会う興奮にすぎなかったが、彼にとってはそれだけでじゅうぶんだった。自分の主張に固執して、ゼイフォードがこの眺めにばかげた夢物語を押しつけてくるのがいささかうっとうしい。マグラシアだなんだと騒ぎたてるのはどう考えてもおとなげない。庭が美しければそれでじゅうぶんではないか。その庭の奥に妖精がいると信じる必要がどこにある？ マグラシアがどうこういう話は、アーサーにはまったくちんぷんかんぷんだった。トリリアンにこっそり寄っていき、いまなんの話をしているのかと尋ねてみた。

「わたしもゼイフォードから聞いてるだけなの」彼女は小声で答えた。「マグラシアっていうのは大昔の伝説かなにかで、だれもまともには信じてないみたい。地球で言えばアトランティスみたいなものかしら。ただ伝説によると、マグラシア人は惑星を製造してたっていうんだけど」

アーサーは画面に向かって目をぱちくりさせた。なにか重要なことを忘れているような気がするが、そのとき急に思い出した。

「この宇宙船にお茶はある？」彼は尋ねた。

〈黄金の心〉号が周回軌道を猛スピードですっ飛ばすにつれて、眼下に見える惑星表面の風景が変化していく。いまではふたつの太陽は黒い空に高く昇り、絢爛たる日の出のショーは終わっていた。ふつうの昼の光で見ると、惑星表面は荒れ果てて近寄りがたく見えた。灰色で、乾燥していて、起伏にとぼしい。納骨堂のように生気がなく、冷え冷えとしている。遠い地平線にときおり、これはと思う稜線が現れることがある――峡谷か、もしかしたら山脈か、ひょっとしてひょっとすると都市かも――が、近づくとその輪郭は崩れ、周囲の単調な景色にまぎれて、結局なにも現れはしない。惑星表面は長い歳月にすり減っていた。ゆるやかに流れる薄くよどんだ空気が、気の遠くなるほどの歳月に惑星表面を削りとってきたのだ。

とてつもなく古い惑星なのはまちがいなかった。

眼下を流れる灰色の風景を眺めるうちに、フォードの胸に一抹の疑いがきざしてきた。この惑星のうえを流れた悠久の歳月を思うと落ち着かない気分になり、その重みが感じられるような気がした。彼は咳払いをした。

「その、仮にここが……」

「仮にじゃない」とゼイフォード。

「あくまでも仮にだ」フォードは続けた。「仮にマグラシアだとして、いったいどうするつもりなんだ？　ここにはなんにもないじゃないか」

「地表にはな」

「いいだろう、それじゃ仮になにかあるとしても、まさか産業考古学の調査をしようってわけじゃないだろう。なにを探してるんだ？」

ゼイフォードの頭のひとつが横を向いた。その頭がなにを見ているのかと、もういっぽうの頭もそっちに顔を向けたが、とくに見るものがあるわけではなかった。

ゼイフォードはもったいぶって答えた。「そりゃあ好奇心もあるし、冒険心もある。だが最大の理由は、富と名声ってやつかな……」

フォードはゼイフォードに鋭い視線を向けた。ここになにをしに来たのか、ゼイフォードはじつはまったくわかっていないのではないか――そんな気がしてならなかった。

「わたし、この惑星の眺めがぜんぜん好きになれないわ」トリリアンが身震いしながら言った。

「気にすることないさ」ゼイフォードは言った。「先の銀河帝国の富の半分が、このどこかに隠れてるんだぜ。少々不細工だってかまいやしない」

たわごとだ、とフォードは思った。いまは塵と化した太古の文明がかつてここに存在していたとしても、またとんでもなく不思議な事物が残っているとしても、いまも宝と呼べるような宝がここに山と埋もれているなんてことはありえない。フォードは肩をすくめた。

「ただの死んだ惑星だと思うね」彼は言った。

「早く決着がついてくれないと、緊張でどうかなりそうだ」アーサーは不機嫌に言った。

ストレスと神経の緊張は、いまでは銀河系のあらゆる地域で深刻な社会問題になっている。この状況をさらに悪化させてはことだから、ここで前もって次のような事実を明らかにしておこう。

問題の惑星は、まちがいなく伝説の惑星マグラシアである。

強力なミサイルがまもなく太古の自動防衛システムによって発射されるが、壊れるのはコーヒーカップが三つとねずみのケージがひとつだけ、負傷者はたった一名（それも上腕の打撲傷のみ）、そしてペチュニアの鉢植えと無邪気なマッコウクジラの時ならぬ創造と突然の死がもたらされるだけに終わる。

とはいえ、多少の謎は残しておかないとつまらないので、上腕に打ち身をこしらえるのはだれかという点は伏せておくことにする。これぐらいのはらはらどきどきは残しておいても大丈夫だろう。というのは、どっちにしても大した意味はないからである。

17

今日も出だしからあやしい雲行きだが、昨日ちりぢりばらばらに粉砕されたアーサーの精神は、それでも自分で自分の破片を拾い集めて組み立てなおしにかかっていた。彼は自動栄養飲料合成機《ニュートリマティック》という機械を見つけ、プラスティックのカップに液体を出させてみたが、それはお茶に似ているとも似ていないとも言いきれないしろものだった。この機械はたいへん興味深い働きをする。「飲料」のボタンが押されると、対象の味蕾を瞬時に、しかしきわめて詳細に検査し、代謝の分光分析をおこない、次に神経経路を通じてかすかな実験信号を対象の脳の味覚中枢に送り込み、なにが適しているかを判断するのだ。しかし、そういうことをする理由はだれにもわからない。というのも、出てくる液体はいつも同じ、お茶に似ているとも似ていないとも言いきれないしろものだからである。ニュートリマティックの設計と製造をおこなっているのは〈シリウス・サイバネティクス〉社であるが、同社の苦情処理部門はいまでは、シリウス・タウ星系の第一から第三惑星までの主要な大陸をすべて覆いつくすほどになっている。

その液体を飲んで人心地ついたところで、アーサーはふたたび画面を見あげた。画面を滑っていくのは、あいかわらず数百キロにわたる不毛な灰色の風景だ。ふいに、ずっと引っかかっていた疑問を口にしてみる気になった。

「この星は安全なの？」彼は言った。

「マグラシアは五百万年前に死に絶えたんだ」ゼイフォードは言った。「安全に決まってるだろ。幽霊だっていまごろは落ち着いて所帯を持ってるさ」

とそのとき、奇妙な音がブリッジじゅうに響きわたった。どこから聞こえてくるものか、遠くのファンファーレのような、うつろで甲高くてみょうにふわふわした音。続いて人の声が話しだしたが、その声もやはりうつろで甲高くてみょうにふわふわしていた。

「ごきげんよう……」

死に絶えた惑星から話しかけてくる者がある。

「コンピュータ！」ゼイフォードが叫んだ。

「はいはいどうも！」

「いったいこれはなんだ？」

「ああ、ただの五百万年前の録音テープですよ。それがこの船に向かって送信されてるんです」

「なんだって、録音テープ？」

「しーっ！」とフォード。「まだ終わってないぞ」

声の主は老人のようで、礼儀正しく、愛想がいいと言っていいほどだったが、その声にはまぎれもなく威嚇がこもっていた。

「このアナウンスは録音です。あいにく、ただいま全員出払っております。わざわざお越しいただきましてありがとうございます。マグラシア商業委員会を代表いたしましてお礼申し上げます」

(「大昔のマグラシアの声だ!」とゼイフォードが叫び、「わかったわかった」とフォードが言った。)

「……まことに残念ではございますが、全惑星が営業を一時休止させていただいております。恐れ入りますが、お名前とご連絡のつきます惑星の住所をお教えいただけますならば、ピーという音のあとにお話しください」

短いピーという音がして、通信は途切れた。

「来るなって言ってるわ」トリリアンが不安げに言った。「どうする?」

「ただの録音じゃないか」とゼイフォード。「このまま進むぞ。わかったな、コンピュータ」

「わかりましたぁ」コンピュータは言って、さらに船の速度をあげた。

だれもが固唾を呑んで待っている。

ややあってまたファンファーレが響き、先ほどの声が話しだした。

「営業を再開しだい、あらゆる高級雑誌および新聞のカラー別刷に広告を掲載してお知らせいたします。その際には、現代地理学の生んだ最高の商品をふたたびお選びいただけるものと存じます」声にこもる威嚇はいよいよあらわになってきた。「わたくしどもに興味をお持ちいただきましたことにはお礼を申し上げますが、今日のところはただちにお引き返しくださいますようお願い申し上げます」

アーサーは、仲間たちの不安げな顔を見まわした。

「その、ああ言ってるし、引き返さないとまずいんじゃないの」彼は言った。

「ばか言うなよ！」ゼイフォードが言った。「心配することなんかなんにもないって！」

「じゃあ、なんでみんな顔が引きつってるんだ？」

「興奮してるからさ！」ゼイフォードは怒鳴った。「コンピュータ、大気圏への降下を開始しろ。それから着陸準備だ」

次のファンファーレは完全におざなりで、声はまちがいなく冷たくなっていた。

「わたくしどもに揺るぎないご関心をお持ちのご様子、まことに感謝に堪えません。そこでお知らせいたしますが、ただいま誘導ミサイルがお客さまの船に接近中でございます。これはとくに熱心なお客さまへのスペシャルサービスでございまして、ミサイルに核弾頭が搭載されておりますのも、言うまでもなくささやかな感謝の気持ちでございます。今後とも変わらぬご愛顧のほど、なにとぞよろしくお願い申し上げます。……ではごきげんよう」

声はぷつりと途切れた。

「まあ」とトリリアンが言った。

「えーと……」とアーサーが言った。

「それで？」とフォードが言った。

「言っただろ」とゼイフォードが言った。「おれの話をちゃんと聞いてなかったのか？ ただの録音メッセージじゃないか。それも何百万年も前の録音だ。おれたちには影響ないって」

「ミサイルはどうなの？」トリリアンが静かに尋ねた。

「ミサイルだって？ 笑わせないでくれよ」

フォードがゼイフォードの肩を叩き、後部画面を指さした。はるか後方、ふたつの銀色の矢が大気を貫いて上昇し、この船に向かって近づいてくる。倍率がぱっと切り替わっていきなりクローズアップ画像になった――どこから見ても本物のミサイルが二基、空を驀進中だ。降って湧いたようとはこのことだ。

「ずいぶんがんばってるな。ぼくらにもちゃんと影響する気でいるらしいぜ」フォードが言った。

ゼイフォードはぼうぜんとミサイルを見つめていた。

「おい、これはすごいことだぞ！」彼は言った。「あの惑星のだれかがおれたちを殺そうとしてる！」

「たしかにすごいな」とアーサー。

「これがどういうことかわからないのか？」

「わかるさ。ぼくらはもうすぐ死ぬんだ」

「いや、だからそれ以外の意味だって」

「それ以外？」

「おれたちはまちがいなくなにかを見つけたってことだよ！」

「で、いつそのなにかを厄介払いできるんだ？」

画面に映るミサイルは刻一刻と大きさを増していた。すでに回頭してまっすぐ追尾進路に乗っており、見えるのはもうこちらに突っ込んでくる弾頭だけになっていた。

「ただの興味から訊くけど」とトリリアンが言った。「これからどうするの？」

「ともかく落ち着こう」ゼイフォードが言った。

「それだけ？」アーサーがわめいた。

「いやまさか、落ち着いてそれから……えー……回避行動をとろう！」ゼイフォードは思い出したようにパニックを起こした。「コンピュータ、どんな回避行動がとれる？」

「えー、残念ながらとれません」コンピュータは言った。

「……それがとれなければ……」とゼイフォード。「……えー……」

「わたしの操舵システムは妨害を受けているもようです」コンピュータが快活に説明した。「弾着まであと四十五秒。よかったらエディと呼んでやってください、そのほうがつきあいやすくなりますよ」

ゼイフォードは、どれも同じぐらいに決定的な命令を同時に出そうとした。「よし！ えーと……手動制御に切り替えるぞ」

「操縦できるのか？」フォードが愛想よく尋ねた。

「いや、おまえは？」

「できないよ」

「トリリアン、きみはどうだ？」

「できないわ」

「よし」ゼイフォードはほっとした様子で、「じゃあいっしょにやろう」

「ぼくもできないけど」アーサーは言った。そろそろ自己を主張してもいいころだと思ったのだ。

「だろうと思ったよ」とゼイフォード。「よし、コンピュータ、完全手動に切り替えろ」

「はいどうぞ」コンピュータは言った。

大きなデスク型のパネルがスライドして開き、そこから制御コンソールが飛び出してきて、発泡スチロールの梱包材や丸めたセロハンの雨を降らせた。このコンソールはまだ一度も使われていなかったのだ。

ゼイフォードは血走った目でそれを見つめた。

「よし、フォード、逆推進ロケットを全開、右舷に十度回頭だ。いや、それとも……」

「みなさんがんばってください」コンピュータがさえずった。「弾着まであと三十秒……」

フォードはコンソールに飛びついた。ぱっと見て意味のわかる制御装置は数えるほどしかなかったので、とりあえずわかるレバーを片っ端から引いてみた。船は悲鳴をあげて振動した。あらゆるジェット推進装置が同時に火を噴き、四方八方に船を押しやろうとしたからだ。フォードが半数のレバーをもとに戻すと、船はぐるりと反転してもと来たほうに船首を向け、追尾してくるミサイルにまっすぐ突っ込んでいった。

乗員はみな反動で吹っ飛ばされたが、壁から飛び出したエアクッションが瞬時にふくらんでそれを受け止めた。数秒間は慣性力に押しつけられて身動きもできず、息をしようとするだけでせいいっぱいだった。ゼイフォードは死にもの狂いでじたばたと身を起こし、操舵コンソールの小さなレバーを力いっぱい蹴りつけた。

レバーはぽきんと折れた。船は急角度に回頭して急上昇を始め、乗員たちは今度は後部の壁に叩きつけられた。フォードの『銀河ヒッチハイク・ガイド』が操舵コンソールの別の装置にぶつかり、『ガイド』はアンタレスからアンタレスインコの陰嚢を密輸する方法をだれにともなく説明しはじめ（アンタレスインコの陰嚢を小さなスティックに刺したものは、見た目はぞっとしないがカクテルのつまみとして人気が高く、高値で買い取られることも少なくない。腐るほど金を持った阿呆を感心させたいという、腐るほど金を持った阿呆はどこにでもいるものだ）、船のほうはいきなり石ころのように地面に向かって落下しはじめた。

言うまでもなく、乗員のひとりが上腕にひどい打ち身をこしらえたのはだいたいこのころのことである。この点は強調しておいたほうがいいだろう。というのは、すでに述べたように、かれらはそれ以外はまったく無傷でこの危機を切り抜け、強力な核ミサイルは結局船には当たらなかったからだ。乗員の安全は完全に保証されている。

「弾着まであと二十秒ですよ……」コンピュータは言った。

「それじゃ、エンジンをまた点火しろ！」ゼイフォードがわめいた。

「お安いご用です」コンピュータは言った。かすかなエンジンの唸りが戻ってきて、船はなめらかに急降下から水平飛行に移り、ふたたびまっすぐミサイルに向かって飛びはじめた。

コンピュータが歌を歌いだした。

「嵐のなかを歩むときも……」甘ったるい鼻声で、「頭を高くあげよう……」

ゼイフォードは金切り声で黙れとわめいたが、その声をかき消して大音響がとどろいた。しごく当然のことながら、それは近づく破滅の音だとだれもが青くなった。

「闇を……恐れては……いけない！」エディは切々と歌いあげる。

船は水平飛行に移ったが、水平は水平でも上下さかさまだったので、乗員たちはいまは天井に引っくり返っていた。操縦しようにも操縦装置にさわることさえできない。

「嵐が過ぎ去れば……」エディがあやすように口ずさんだ。

画面では二基のミサイルがぐんぐん大きくなっていた。轟音とともに船をめがけて飛んでくる。

「……空には黄金の太陽が輝き……」

しかしなんという幸運、船がでたらめなジグザグを描いているせいで、ミサイルはまだ完全に飛行経路を修正しきれておらず、船のすぐ下を飛び過ぎていった。

「ヒバリが快い銀色の歌声を響かせる……弾着予測時刻を修正、あと十五秒です……風が吹いても歩きつづけよう……」

ミサイルは機体を傾け、風を切ってくるりと反転すると、たちまち追尾を再開した。

「つまりそういうことなんだな」アーサーはそれを見ながら言った。「ぼくらにはもうすぐ絶対確実に死ぬんだな？」

「そういうことを言うのはやめろよ」フォードが怒鳴った。

「でもそうなんだろ？」

「ああ」

「雨が降っても歩きつづけよう……」エディが歌った。

アーサーの頭にひらめくものがあった。やっとの思いで立ちあがり、「あの不可能性ドライブとかいうやつを使ったらどうだろう」彼は言った。「あれならたぶん手が届くし」

「ばかな、気でも狂ったか」ゼイフォードが言った。「まともなプログラムもなしじゃ、なにが起こるか知れたもんじゃない」

「そんなこと言ってる場合じゃないだろ」アーサーはわめいた。

「たとえ夢は砕け胸は破れようとも……」エディが歌う。

弧を描く壁が天井と接する部分、感心するほどみごとに丸みを帯びた出っ張りにとりついて、アーサーはよじ登りはじめた。

「歩こう、歩きつづけよう、心に希望を抱いて……」

「ねえだれか、不可能性ドライブのスイッチを入れちゃいけないってアーサーにちゃんと説明してよ」トリリアンが叫んだ。

「歩こう、ひとりきりではないのだから……弾着まであと五秒、みなさんとお近づきになれてよかった。さようなら……歩いて……いこう……だれも……ひとりでは……ない！」

「ねえったら」トリリアンが悲鳴をあげた。「だれか――」

次の瞬間、気もひしゃげるほどの音と光が爆発した。

18

そしてそのあとに起きたことはというと、まず〈黄金の心〉号は完璧に正常に飛びつづけていたが、ただその内部装飾は以前よりずいぶん美しくなっていた。少し広くなり、塗装は繊細な緑と青のパステルカラーを帯びている。中央部にはとくにどこにつながるでもないらせん階段が出現し、それがこんもりしたシダと黄色い花々の茂みに囲まれて立っている。その隣には石造りの日時計の台座があって、メインコンピュータの端末がのっていた。巧みに配置された照明や鏡のおかげで、温室のなかに立っているような、そしてみごとに整えられた広大な庭園を望んでいるような錯覚をおぼえる。この温室エリアの周囲にはテーブルが並んでいるが、そのテーブルの天板は大理石、脚は複雑なデザインの美しい錬鉄製だった。大理石の天板の磨かれた表面をのぞき込むと、ぼんやりと機器の形が見分けられて、手を触れるとそれがたちまち実体化する。適切な角度から見ると鏡に必要なデータのすべてが映るのだが、そのデータがどこから映っているのかはまったくわからない。まさに息を呑む美しさだった。

枝編みのガーデンチェアでくつろぎながら、ゼイフォード・ビーブルブロックスは言った。「いったいなにがどうなったんだ？」

「その、ぼくが言ってたのは」アーサーは小さな金魚池のそばをぶらつきながら言った。「こっちにこの不可能性ドライブのスイッチがあるって……」と、それがあったほうに手を振ってみせた。いまではそこにあるのは鉢植えだ。

「それにしても、ここはどこだ？」フォードはらせん階段に座り、手にはほどよく冷えた汎銀河ガラガラドッカンを持っていた。

「たぶんさっきと同じ場所だと思うけど……」トリリアンが言ったとたん、周囲一面の鏡にマグラシアの荒れ果てた風景が映し出された。あいかわらず船の下を高速で流れていく。

ゼイフォードが椅子から飛びあがった。

「それじゃ、ミサイルはどうなったんだ？」

マグラシアの風景が消えて、鏡には腰の抜けそうな映像が現れた。

「どうやら」とフォードがおぼつかない声で言った。「ペチュニアの鉢植えと、すごくびっくりした顔のクジラに変身したみたいだな……」

「不可能性の値は」とエディが割って入ってきた。このエディのほうはまったく変化していない。「八百七十六万七千百二十八分の一です」

ゼイフォードはアーサーに目を向けた。

「地球人《アースマン》、わかっててやったのか？」

「いや、ぼくはただ……」

「ものすごく冴えてるじゃないか。一秒だけ不可能性ドライブのスイッチを入れたんだな、先に耐不可能性シールドを起動せずに。わかってんのか、おまえはおれたちの命を救ったんだぞ」

「いや、そんな大層なことじゃないし……」アーサーは言った。

「なんだそうか」とゼイフォード。「じゃあいいや、この話はなしだ。よしコンピュータ、着陸するぞ」

「いや、その……」

「この話はなしだって言ったろ」

　忘れられた話がもうひとつある。まったくありえない確率で、マッコウクジラがこの異星の地表数キロ上空にいきなり出現してしまったということだ。

　これはこの生物が自然に生息できる場所ではもちろんない。というわけで無邪気なクジラはあわれにも、クジラとしての自我と折り合いをつけるひまもないうちに、もうクジラではなくなったという事態と折り合いをつけなくてはならなかった。

　生をうけてから死ぬまでの短い時間に、クジラの頭に浮かんだ思考を忠実に再現するとこうなる。

あれ……なんだ、どうなってるんだ？

えーと、すいません、わたしはだれですか？

だれかいませんか？

わたしはなぜここにいるのか？　わたしの生きる目的はなんなのか？

わたしはだれってどういう意味だろう？

落ち着け、気を鎮めろ……わっ、なんだか変な感じだぞ、なんだこれ？　なんていうか……穴があいてるみたいな、うずうずする感じがこの……この……まずモノに名前をつけることから始めないと、とりあえず話と呼ぶことにしたものが、ぜんぜんこの、前と呼ぶことにした方向に進まないぞ。だからこれは腹と呼ぶことにしよう。

これでよしと。うわあ、変な感じがどんどん強くなってくるぞ。それにこれはどうだ、いまいきなり頭と呼ぶことにしたもののまわりでひゅうひゅうごうごう鳴ってるものは？　そうだな、これは……そうだ、風と呼ぶことにしよう！　この名前どうかな？まあとりあえずいいか……たぶんあとで、これがどういうものかわかったら、もっといい名前を思いつくかもしれない。きっとすごく大事なものにちがいないぞ、だってまわりじゅうそれだらけみたいだもんな。おい、これはなんだ？　この……これはしっぽと呼ぶことにしよう——そうだ、しっぽだ。あれ、このしっぽってやつはずいぶんよく動くじゃないか。いいぞ！　いいぞ！　すごくいい気分だ！　どうもあんまり役に立ってないみたいだけど、なんに使うのかきっとそのうちわかるだろう。さてと――だいぶ首尾一貫した世界像を構築できたんじゃないかな？

まだまだ。

まあいいや、だってすごくわくわくするもんな。新しい発見が山ほどあって、これからいろんなことが起きるだろうし、あんまり楽しみで頭がくらくらする……

それとも風のせいかな？

それにしても、風がすごく増えてきてないかな？

それからあれ！　すごい！　あれはなんだろう、こっちにすごい勢いで近づいてくるけど。すごくすごく速い。ものすごく大きくて平らで丸いから、大きくて広そうな名前をつけなくちゃ……そうだな……だ……だい……だいち、大地だ！　それだ！　すごくいい名前だ――大地！

仲良くなれるといいんだけどな。

そこまでだった。ぐしゃっという大音響を残し、あとはただ沈黙。

不思議なことに、ペチュニアの鉢植えが落ちていくとき、その心に浮かんだ思いはこれだけだった——まいったな、またか。ペチュニアの鉢植えがそんなふうに思った理由を正確に理解できたら、宇宙の本質がいまよりもっとよくわかるだろう、そう考える人は少なくない。

19

「このロボットも連れていくのか？」フォードは顔をしかめてマーヴィンを見た。片隅に生えた小さなしゅろの木の下で、マーヴィンは居心地が悪そうに身をすくませて立っている。

ゼイフォードは鏡の画面からちらとこちらに顔を向けた。鏡にはいま、〈黄金の心〉号が着陸した大地の荒涼たる風景が大きく映し出されている。

「ああ、その被害妄想のアンドロイドか」彼は言った。「そうだな、連れていこう」

「でも、重度鬱病のロボットなんか連れていってなんになるんだ？」

「あなたは自分にも悩みがあるとお思いでしょう」マーヴィンは、いま中身が入ったばかりの棺桶に向かって話すような声で言った。「もしもあなた自身が、重度鬱病のロボットだったらどうします？　いえいえ、答えてくださらなくてけっこう。わたしは人間より五万倍も知能が高いのに、そのわたしにさえ答えがわからないんですから。人間のレベルに落としてものを考えようとすると、それだけで頭痛がします」

トリリアンが自分の部屋のドアから血相を変えて飛び出してきた。

「わたしの白ねずみが逃げちゃったの！」

深い憂慮と同情の表情が、ゼイフォードのふたつの顔に浮かびそこねた。

「白ねずみなんかほっとけ」彼は言った。

トリリアンはむっとしてゼイフォードをにらみつけ、また出ていった。

彼女の言葉はもっと注目を集めてもよかったはずだ――もしも、惑星・地球に生息する生物のうち、人類の知能の高さは三番めでしかないという事実が広く認識されていれば。しかし実際には、最も偏見に曇らされない目の持主でさえ、人類は二番めだと思っていたのである。

「こんにちは、みなさん」

その声はみょうに聞き覚えがあったが、みょうにずれていた。母親めいた口調なのだ。その声が呼びかけてきたのは、地表に出ようと乗員たちがエアロックのハッチ前にやって来たときだった。

乗員たちは面食らって顔を見あわせた。

「コンピュータだよ」ゼイフォードが説明した。「非常用のバックアップ人格を見つけたんで、こっちのほうがいいかもしれないと思ったんだ」

「さあ、今日は慣れない星に出る最初の日ですからね」ニディの新しい戸は言った。

「ちゃんとあったかい格好をして出ていってくださいね。悪いぎょろ目の怪獣とおいたをしちゃだめよ」

ゼイフォードはいらいらとハッチを叩いた。

「すまんな」彼は言った。「これじゃ計算尺のほうがなんぼかましだったな」

「まあ！」コンピュータが噛みついてきた。「だれですか、そんなことを言うのは」

「頼むからこのハッチを開けてくれないか、コンピュータ」ゼイフォードはむかっ腹を抑えて下手に出た。

「だめです、正直に白状しないうちは開けてあげません」コンピュータは言い張り、シナプスをいくつかぴしゃりと閉じた。

「くそったれ」フォードはぶつくさ言った。隔壁にぐったり寄りかかり、数を一から十までかぞえはじめた。いつか知的生物がこの方法を忘れるのではないかと彼は心底心配していた。人間がコンピュータからの自立を示す方法といえば、数をかぞえることぐらいしかないというのに。

「さあ早く」エディが厳しく言った。

「コンピュータ――」ゼイフォードが口を開く。

「わたしは待ってるんですよ」エディがさえぎった。「必要なら一日じゅうでも待ちますからね」

「コンピュータ……」ゼイフォードがまた口を開いた。巧みに分別を説いてコンピュータをやり込めようと考えてみたのだが、相手の土俵で勝負をしてもしかたがないと考えなおし、「いますぐハッチを開けないと、メインデータバンクにまっすぐ突っ込んでいって、ばかでかい斧でおまえをプログラムしなおしてやるぞ、わかったか」

エディはぎょっとして、口をつぐんで考え込んだ。

フォードは小声で数をかぞえつづけた。コンピュータに対して、これ以上に強力ないやがらせはまずないだろう。相手が人間であれば、耳もとで「血……血……血……血……」と言うようなものである。

しまいにエディが静かに言った。「この関係については、そのうちみんなでよく考えなくてはならないでしょうね」そう言うとハッチを開いた。

嚙みつくような冷たい風が吹き込んできた。乗員たちは寒さに身を縮めてランプを降り、マグラシアの不毛の大地を踏んだ。

「あとできっと泣きを見ますよ」エディが捨て台詞を吐き、またハッチを閉じた。

数分後、エディはふたたび命令に応えてハッチを開いて閉じた。今度の命令には、彼はすっかり不意をつかれた格好だった。

20

五つの人影が、荒涼たる大地をのろのろとさまよっていた。大地の一部は退屈な灰色、一部は退屈な茶色、そのほかはもっと退屈な眺めだった。まるで湿地帯が干あがったあとのようだ。いまでは植物もすべて枯れはて、そのあとに埃が数センチも積もったような。おまけにひどく寒かった。

ゼイフォードはこの眺めに見るからに気落ちしていた。ひとりでずんずん歩いていき、わずかに盛りあがった土手の向こうにまもなく姿を消した。

風がアーサーの目と耳を刺し、すえた薄い空気がのどに引っかかる。しかし、なによりも切なく痛んだのは心だった。

「夢みたいだ……」彼は言った。その自分の声が耳障りに響く。大気が薄くて音の伝わりかたがおかしい。

「ぼくに言わせりゃ、なんにもない星だね」フォードが言った。「猫のトイレのほうがまだ面白みがある」いらだちが募ってくる。広い銀河系には星系も惑星もいくらでもあるのに、そしてその多くは華やかで刺激的で生命にあふれているというのに、十五年もの島流しのあとで、どうしてよりにもよってこんなしけた星に来なくてはならないのか。ホットドッグ・スタンドさえ見当たらないではないか。しゃがんで冷たい土くれを拾いあげてみたが、その下にはなにもなかった。何千光年も旅してきて、これではなんのかいもない。

「そんなことはない」アーサーはめげなかった。「わからないかな、ぼくは初めて地球以外の惑星に降り立ったんだ。まったく別の惑星……！　そりゃ、こんなしけた星だったのは残念だけどさ」

トリリアンは両手を身体に巻きつけ、震えながら顔をしかめた。ここで見るはずのない動きが見えたと思った。かすかな動きだったが、まちがいなく目の隅にとらえたと思う。だが、そちらに目を向けても見えるのは船だけだった。百メートルほど後方に、船は静かに身じろぎもせずに横たわっている。

ほっとしたことに、やがてゼイフォードが姿を見せた。土手のうえに立ってこっちへ来いと手を振っている。

興奮しているようだったが、薄い大気と風のせいで、なんと言っているのかよく聞きとれなかった。

近づいていくにつれて、その土手が円を描いているらしいとわかってきた。直径およそ百五十メートルのクレーターだ。クレーターを囲む土手の外側の斜面に、黒と赤の塊が散らばっていた。立ち止まって目を凝らしてみた。濡れている。ぶよぶよしている。はたと気づいてぞっとした。新鮮なクジラの肉ではないか。

クレーターの縁のてっぺんで、ゼイフォードが待っていた。

「見ろよ」とクレーターのなかを指さす。

中心にはマッコウクジラの破裂した死体があった。一頭きりの寂しい生涯だったが、それを嘆くほどの時間もなかった。その死の静寂を乱すのは、トリリアンののどがかすかに痙攣して立てる音だけだった。

「埋葬してやっても意味ないよな?」アーサーがぼそりと言って、すぐに言わなければよかったと後悔した。

「こっちだ」と、ゼイフォードはまたクレーターのなかに引き返しはじめた。

「なに、そっちへ降りるの?」トリリアンがおぞけをふるって言った。

「ああ」とゼイフォード。「早く来いよ、見せたいものがあるんだ」

「ここからでも見えるわ」

「まさか、あれじゃないよ。来いってば」

全員がためらっていた。

「来いよ、入口を見つけたんだ」

「入口?」アーサーがぞっとして言った。

「惑星の地下の入口だよ！　地下の通路だ。クジラの落ちた衝撃で地面が割れて開いたんだ。そこに入るんだよ。この五百万年間だれも足を踏み入れた者のない、時間そのものの深奥へ分け入るんだ……」

マーヴィンがまたいやみなハミングを始めた。

ゼイフォードにぶん殴られて黙った。

嫌悪感にかすかに震えつつ、全員がゼイフォードについてクレーターに降りていった。そのクレーターを生み出した不運な生物に目を向けないよう、細心の注意を払いながら。

「人生」マーヴィンが鬱々として言った。「憎悪するか無視するかだ。ともかく好きにはなれないから」

クジラが落ちた場所では地盤が陥没し、地下の入り組んだ廊下や通路があらわになっていた。いまでは崩れた壁や内装でほとんどふさがっている。ゼイフォードがそこに入る道をつけようと片づけを始めていたが、マーヴィンのほうがずっと作業は早かった。暗い奥のほうからじめじめした空気が漂ってくる。ゼイフォードが懐中電灯の光をなかに向けたが、埃っぽい暗がりにはほとんどなにも見えなかった。

「伝説によると、マグラシア人はたいてい地下で暮らしてたらしい」ゼイフォードは言った。

「どうして？」とアーサー。「地表が汚染されたとか、人口が増えすぎたとか？」

「いや、そうじゃないだろう」ゼイフォードが言った。「たぶん地表があんまり好きになれなかっただけだと思うね」

「ほんとに大丈夫なんでしょうね」トリリアンは暗闇をおっかなびっくりのぞき込んだ。「さっき一度は攻撃を受けてるのよ」

「いいか、この惑星にいまいる生きた人間の数は、ゼロ・プラスおれたち四人だけだ。おれが保証する。さあ、わかったら行こう。ああ、ちょっと、地球人《アースマン》……」

「アーサーだよ」とアーサー。

「ああ、おまえはこのロボットとここにちょっと残っててくれ。この通路の入口を見張っといてもらいたいんだ。わかったな?」

「見張るって?」アーサーは言った。「なにを見張るんだ? さっき、ここにはだれもいないって言ってたじゃないか」

「ああ、まあその、安全のためさ。いいな?」

「だれの安全だ。あんたのか、ぼくのか」

「じゃあ頼んだぜ。よし、行こう」

ゼイフォードは這うようにして通路に降りていき、トリリアンとフォードがそれに続いた。

「ふん、きみたちみんなひどい目に遭えばいいいんだ」アーサーが毒づいた。

「ご心配なく」マーヴィンが請けあった。「ひどい目に遭います」

まもなく三人の姿は見えなくなった。

アーサーはむかむかしてどたどた歩きまわっていたものの、よく考えてみると、クジラの墓場をどたどた歩きまわるのはあまりいいことではないと思いついた。

マーヴィンはしばらくその様子を陰にこもって眺めていたが、やがて自分で自分のスイッチを切った。


ゼイフォードは通路を早足で歩いていた。ちびりそうに緊張していたが、それを隠そうといかにも目あてありげに大またに歩いていく。懐中電灯の光をあちこちに向ける。通路の壁は黒っぽいタイルで覆われていて、さわるとひんやりと冷たく、空気にはすえたにおいがこもっていた。

「ほらな、言ったとおりだろ」彼は言った。「この惑星には人が住んでたんだ。やっぱりマグラシアだよ」彼はごみや瓦礫の散乱するタイル敷きの通路をずんずん歩いていく。

トリリアンはどうしてもロンドンの地下を思い出さずにはいられなかった。もっとも、あれほど徹底的に汚らしくはなかったが。

一定の間隔をおいてタイル張りの壁にモザイク模様が現れ、単純で直線的な幾何学模様が明るい色彩で描かれていた。トリリアンは立ち止まり、そんなモザイクのひとつをじっくり眺めてみたが、なんの意味も読みとれなかった。彼女はゼイフォードに声をかけた。

「ねえ、この変な記号はなんだと思う?」

「ただのなんかの変な記号だと思うね」ゼイフォードはろくにふり向きもせずに言った。

トリリアンは肩をすくめ、急いで彼のあとを追った。

ときどき通路の左右に戸口が現れ、その奥には小さめの部屋がある。のぞいてみると、放置されたままのコンピュータ装置でいっぱいだった。調べてみようと、フォードはそんな部屋のひとつにゼイフォードを引っ張っていった。トリリアンもついていく。

「あのさ」フォードは言った。「おまえはここがマグラシアだって言うけど……」

「ああ」とゼイフォード。「あの声を聞いただろ?」

「いいだろう、ここはマグラシアだと認めようじゃないか――いまのところはね。だけど、これまでぜんぜん聞かせてもらってないことがある。いったいぜんたいどうやってここを見つけた? まさか星図には載ってないだろ」

「調べたのさ。政府の公文書保管所をあさったり、聞き込みをしたり、まぐれ当たりの部分もある。むずかしいことじゃない」

「で、それを探すために〈黄金の心〉号を盗んだっていうのか?」

「ほかにも探したいものはいろいろあるんだよ」

「いろいろ?」フォードは驚いて訊きかえした。「たとえば?」

「わからん」

「はあ?」

「なにを探したいのかわからないんだ」

「なんで?」

「なんでって……それは……たぶん、なにを探してるかわかってたら見つけられないからだろうと思う」

「なに言ってるんだ、頭がおかしいんじゃないか?」

「その可能性は否定できないな」ゼイフォードは押し殺した声で言った。「おれは自分で自分のことがよくわからないんだ。わかる範囲は脳みその状態で決まるんでね。で、いまおれの脳みそはあんまり状態がよろしくない」

長いことだれもなにも言わず、フォードはゼイフォードに目を当てていた。急に不安が膨れあがってくる。

「あのさ、ゼイフォード、もしよかったら……」しまいにフォードは口を開いた。

「いや、待ってくれ……話しときたいことがある」とゼイフォード。「おれはずいぶん行き当たりばったりに生きてきた。なにかしようと思いついたら、よしやろうってんでそれをやる。銀河帝国大統領になろうと思えばなれる。ちょろいもんだ。この船を盗も

う と決める。マグラシアを探そうと思う。ぜんぶそのとおりになる。そりゃもちろん、どんなやりかたが一番いいかぐらいは考えるさ。でも、ともかくいつもそうなるんだ。銀河クレジットカードをいつも好きなだけ使ってて、それでいて小切手は一度も送らずにいられるみたいだ。気になって考え込むこともあるさ。なんであんなことをしたいと思ったのかとか、こうすればいいとどうして思いついたのかとかな。でもそのたびに、そういうことは考えたくないって気持ちが猛烈に湧いてくる。いまもそうだ。こうやって話してるだけでものすごく苦労なんだ」

ゼイフォードはいったん口をつぐんだ。しばらく沈黙が続く。ややあって、まゆをひそめて言葉を継いだ。「昨夜《ゆうべ》、またそのことが気になりだした。つまり、おれの頭の一部がちゃんと働いてないみたいだってことがさ。それからもうひとつ思いついたことがある。どうも、だれかがおれの頭を使っていいアイデアを思いついてて、そのことをおれには黙ってるみたいな感じなんだな。このふたつを考えあわせてみるに、おれの頭を勝手に使うために、おれの頭の一部をロックしたやつがいるんじゃないか、そのせいでおれには頭のその部分が使えないんじゃないか。そう思って、それを確かめる方法がないかと考えた」

「それで船の医療区へ行って、脳撮影装置に頭を接続してみたんだ。両方の頭を、おもなスクリーニング検査にかたっぱしからかけてみたわけさ。もっとも、そういう検査はみんな政府の医者に受けさせられたんだけどな。大統領就任を正式に承認される前にさ。なんにも出やしない。少なくとも意外な結果はな。知能が高くて、想像力が豊かで、無責任でちゃらんぽらんで外向的だって結果が出ただけだ。検査しなくてもわかるってことばっかりだ。ほかの異常もまるでなし。それで、手あたりしだいにいろんな検査をでっちあげて試してみた。なんにも出ない。次に、いっぽうの頭の検査結果をもういっぽうの結果と重ね合わせてみたが、やっぱり出ない。しまいにばかばかしくなってきた。みんなただの一時的な被害妄想だったんだとあきらめる気になってきた。片づける前にこれで最後と思って、その重ね合わせた画像を緑のフィルターを通して見てみた。ガキのころ、おれがずっと緑色にこだわってたのを憶えてるだろ？　昔から市場偵察船の操縦士になるのが夢だったからな」

フォードはうなずいた。

「そしたら出たんだよ」ゼイフォードは言った。「火を見るより明らかってやつさ。両方の脳の中心に、お互いにつながってるだけで周囲とはつながってない部分があった。どこかの馬鹿野郎がシナプスを残らず焼灼して、ふたつの小脳を電子的に傷つけてたんだ」

フォードはぞっとしてゼイフォードを見つめた。トリリアンは真っ青になっている。

「そんなことをしたやつがいるのか」フォードはささやくように言った。

「ああ」

「だけど心当たりもないのか？　だれが、どんな理由でやったのか」

「理由のほうは想像するしかないが、だれがやったかはわかってる」

「わかってる？　どうしてわかったんだ？」

「焼灼したシナプスにイニシャルが焼き付けてあったのさ。おれに見せるために残したんだ」

フォードは愕然としてゼイフォードを見つめた。全身に鳥肌が立ってくる。

「イニシャルを？　脳みそにイニシャルを焼き付けたって？」

「ああ」

「それで、なんて焼き付けてあったんだ？」

ゼイフォードはまた黙って見返してきた。ややあってその目をそむけ、「Z・Bだ」

と静かに答えた。

とそのとき、背後でスチールのシャッターが大きな音を立てて降り、室内にガスが吹き出してきた。

「続きはまたあとでな」ゼイフォードはのどを詰まらせ、三人はそろって気を失った。

21

マグラシアの地表を、アーサーはむっつりと歩きまわっていた。

フォードが気を利かせて、ひまつぶしができるように『銀河ヒッチハイク・ガイド』を置いていってくれたので、でたらめにボタンをいくつか押してみた。

『銀河ヒッチハイク・ガイド』の編集方針にはまったく一貫性がなく、そのときどきの編集者が面白いと思ったというだけの理由で掲載された記事も少なくない。

ヴィート・ヴージャギグという、マクシメガロン大学の無口な若い学生の経験、と称する記事（アーサーがたまたま開いた項）もそうである。この学生は、古代言語学、変形倫理学、歴史認識の調波理論を研究して学究としての輝かしい経歴を歩もうとしていたが、ゼイフォード・ビーブルブロックスと一夜汎銀河ガラガラドッカンを飲んでからというもの、この数年間に買ったボールペンはみんなどこへ行ってしまったのかという疑問が頭から離れなくなってしまった。

その後、長期にわたってこつこつと調査を積み重ね、銀河系じゅうのおもなボールペン消失の多発地をすべて訪れるうちに、彼は奇妙な説を唱えるようになった。当時の人々の想像力を大いに刺激したその説によると、宇宙のどこか、ヒト型生物、爬虫類型生物、魚型生物、歩く樹木型生物、超知性を備えた青い色の生息する惑星とならんで、ボールペン型生物だけの住む惑星がひとつある。ちょっと目を離すとボールペンが消えてしまうのは、この惑星へ向かって旅立つからなのだ。かれらは人知れず空間のワームホールを抜けて逃げていく。その惑星に行けば、ボールペンにしかわからない刺激に対応した、特異なボールペン型ライフスタイルを享受できると知っているからだ。そしてそこで、かれらはおおむねボールペンなりの幸福な生を送っているという。

ひとつの説としては非常によくできていて面白かったが、ヴィート・ヴージャギグはあるときだしぬけに、その惑星を実際に発見したと主張しはじめた。しかもその惑星で、安物の緑のノック式ボールペンの一家に雇われてしばらくリムジンの運転手をしていたというのである。ここにいたって彼は精神病院に収容され、本を書き、しまいに税金逃れに国外に移住した。公の場でばかをさらすのをためらわなかった人々は、だいたいにおいてこういう道をたどるものである。

さてある日、ヴージャギグの主張に基づき、問題の惑星があるという宇宙の座標に探検隊が派遣された。しかし、見つかったのは小さな小惑星がひとつで、そこには年老いた男がたったひとりで住んでいた。老人はなにもかもまちがいだとくりかえし主張したが、のちにそれは嘘だったことが判明する。

しかしながら、なおふたつの疑問が残っている。ひとつは、ブランティスヴォゴン銀行の老人の口座に毎年謎の六万アルタイル・ドルが振り込まれていること、もうひとつは言うまでもなく、ゼイフォード・ビーブルブロックスが中古ボールペンを売りさばいてぼろ儲けしていることである。

アーサーはこれを読み、本をおろした。

ロボットはあいかわらずぴくりともせずにうずくまっている。

アーサーは立ちあがり、クレーターを囲む土手のてっぺんに登った。クレーターの周囲を歩きながら、マグラシアのふたつの太陽が沈む壮麗な光景を眺めた。

それからまたクレーターに降りていった。ロボットを起こしたのは、重い鬱病のロボットでも話し相手がいないよりはましだと思ったからだ。

「夜が来るぞ」彼は言った。「見ろよ、星が出てきた」

暗黒星雲の中心部では見える星は非常に少ないし、見えてもごくかすかにしか見えない。それでも見えることは見えた。

ロボットは言われたとおり星を眺め、またアーサーに目を向けた。

「そうですね」彼は言った。「みすぼらしいですね」

「でもあの夕陽はすごい！　あんなのが見られるなんて夢にも思わなかったよ……太陽がふたつもあるなんて！　まるで火の山が沸騰しながら落ちていくみたいだ」

「見ました」マーヴィンは言った。「つまらない」

「ぼくの生まれ故郷には太陽はひとつしかなかったんだ」アーサーはめげずに続けた。

「地球っていう惑星だけど」

「知っています」とマーヴィン。「あなたはいつもその話ばかりしている。ろくな星じゃなかったようですね」

「そんなことはない。きれいな星だったよ」

「海はありましたか」

「あったとも」アーサーはため息をついた。「波の寄せてはかえす、大きな青い海が……」

「海は見るのもいやです」

「ちょっと訊くけど」アーサーは言った。「おまえ、ほかのロボットとは仲よくやってるのか？」

「ロボットは嫌いです」マーヴィンは言った。「どこへ行くんですか？」

アーサーは我慢できなくなって、また立ちあがっていた。

「もういっかい散歩に行ってくる」

「どうぞ、わたしのことはお気になさらず」マーヴィンは言い、五千九百七十億匹の羊を一秒で数えてまた眠り込んだ。

アーサーは両手で身体をぴしゃぴしゃ叩き、循環器にもっと気合を入れて仕事をさせようとした。またクレーターの土手をとぼとぼと登る。

空気が薄いうえに月がないので、あっという間《ま》に日は暮れて、もうだいぶ暗くなっていた。そのせいでアーサーは老人に気づかず、危うくぶつかりそうになった。

22

老人はアーサーに背を向けて立ち、地平線の向こうの暗黒に最後の残照が吸い込まれていくのを見守っていた。背は高いほうで、かなりの高齢、身につけているのは長い灰色のローブが一枚きりだった。こちらをふり向けば、顔は細面で品があり、やつれてはいたが情は失っていないようで、安心して財布を預けられそうな顔だ。しかし、彼はまだふり向いていない。アーサーの驚きの叫びも耳に入らないようだった。

ついに太陽の最後の光が完全に消え失せると、彼はふり向いた。その顔にはまだ光が当たっている。どこから光が来るのかと見まわすと、数メートル先に小さな乗物らしきものが停まっていた。たぶん小型のホバークラフトだろうとアーサーは思った。それが周囲にぼんやりと光の球を投げている。

老人はアーサーを見た。悲しげな目つきだった。

「この死んだ惑星を訪れるのに、あんたはまた寒い夜を選んだものだな」彼は言った。

「その……ど、どなたですか？」アーサーはどもりどもり尋ねた。

老人は顔をそむけた。悲哀の表情がふたたびその顔をよぎったように見えた。

「わたしの名前はどうでもよい」

なにか気にかかっていることがあるようだった。どう見てもすぐに会話を始めたいという雰囲気ではない。アーサーは居心地が悪かった。

「ぼくは……えーと……その、びっくりしました……」彼はぎこちなく言った。

老人はまたふり返ってアーサーを見、わずかにまゆをあげた。

「なんだね？」彼は言った。

「その、びっくりしたって言ったんです」

「安心しなさい、わたしはあんたに危害を加えたりはせんよ」

アーサーはまゆをひそめた。「でも、撃ち落とそうとしたでしょう！　ミサイルが飛んできて……」

老人はクレーターのなかをのぞき込んだ。マーヴィンの目から発するわずかな光が、クジラの巨大な死体に非常にかすかな赤い影を落としている。

老人はのどの奥で低く笑った。

「自動発射システムのしわざだな」小さくため息をつき、「この星の奥底には古いコンピュータがずらりと並んでいて、この長い歳月、闇のなかでずっとカチカチ言いつづけておるんだ。埃のつもったデータバンクに時が重くのしかかっておる。たぶん、ときどきミサイルを発射して気を紛らしておるのだろう」

おごそかにアーサーを見て、「わたしはこれでも、科学の大ファンなのだよ」

「え……あ、そうなんですか」この老人の奇妙でなごやかな態度に、アーサーは頭がこんがらがりそうになってきた。

「そうとも」老人は言って、そこでまたいきなり口をつぐんでしまった。

「あの」アーサーは口を開いた。「えーと……」みょうな気分だった。人妻と励んでいるまっさいちゅうに、いきなり相手の旦那が部屋にふらりと入ってきて、ズボンをはき替え、ふたこと三ことなにげなく天気の話などして、そのまままた出ていったときのような。

「なにか落ち着かないようだが」老人は丁重に気づかってくれた。

「いえ、そんなことは……いやその、じつはそうなんです。正直な話、ほんとはここでだれかに会うとはぜんぜん思ってなかったんです。なんとなく、ここの人はみんな死んだかどうかしたんだと思って……」

「死んだ？ いやはやまさか、わたしたちはただ眠っておっただけだよ」

「眠ってた？」アーサーは目を丸くした。

「そう、不景気のあいだはずっとな」老人は言ったが、自分の言葉がひとことでもアーサーに通じているかどうか、まるで気にしていないようだった。

しかたなく、アーサーはまたこちらから水を向けた。

「えーと、不景気というのは？」

「そら、五百万年前に銀河系の経済が崩壊しただろうがね。惑星の注文製造はまあ贅沢品ではあるし……」

そこで言葉を切って、アーサーに目を向けた。

「わたしたちが惑星を建造しておったのはご存じだろうね？」彼は重々しく尋ねた。

「ええ、まあ」とアーサー。「ただ、ぼくはなんとなく……」

「じつに愉快な仕事だよ」老人は遠くを見るような目をして言った。「海岸線の形を整えるのが昔から楽しみでね。フィヨルドの細かい部分を仕上げるのは無上の喜びだったものだ……それはそうと」話をもとに戻そうとして、「不景気になったので、これを眠ってやり過ごせばいろいろと面倒がはぶけると考えたわけだ。そこでコンピュータをプログラムして、すっかり片がついてから蘇生することにしたのだよ」

老人はごく小さなあくびをかみ殺して、言葉を継いだ。

「コンピュータは銀河系の株価と指数連動しておるんだ。それで、銀河系の経済が再建されてまたうちの高価な商品も売れるぐらいになったら、わたしたちはみな蘇生することになっておるわけさ」

アーサーは《ガーディアン》〔自由主義的、進歩的なことで知られる英国の日刊紙〕をとっているぐらいだから、この話にはいたく憤慨した。

「それはあんまり褒められたやりかたじゃないんじゃないですか」

「そうかね？」老人は穏やかに尋ねた。「気を悪くせんでもらいたいんだが、なにしろわたしはちょっと世事に疎くなっておるので」

彼はクレーターのなかを指さした。

「あのロボットはあんたのかね」

「ちがいます」細い金属的な声がクレーターのほうから響いてきた。「わたしはだれの所有物でもありません」

「あれはロボットなんてもんじゃない」アーサーが小声で言った。「どっちかって言うと、電子ふてくされ機ですよ」

「連れてきなさい」老人は言った。いきなり有無を言わさぬ口調でそう言われて、アーサーは少なからず驚いた。声をかけると、マーヴィンは斜面を這って登りはじめたが、実際には痛くもない脚をこれ見よがしに引きずっている。

「やっぱりやめておくか」老人はあっさり気を変えた。「ここに置いていこう。あんたはいっしょに来なさい。一大事が起ころうとしておる」と言うと、乗物のほうに顔を向けた。合図をしたようにも見えなかったが、いまその乗物は音もなく暗闇に浮きあがり、こちらに近づいてこようとしていた。

アーサーはマーヴィンを見おろした。さっきと同じく大げさに苦労するふりをしながら、向きを変えてのろのろとクレーターに降りていく。不機嫌になにごとかつぶやいていた。

「来なさい」老人が声をかけてきた。「いますぐ行かないと遅れてしまう」

「遅れる？」アーサーは言った。「なにに遅れるんですか」

「あんた、名前はなんというね」

「デント、アーサー・デントです」

「遅れると言うより、残念ですがもう手遅れで手の施しようがありませんということになるのだぞ、デントアーサーデント」老人は厳しい声で言った。「まあその、これは脅しみたいなものだ」その老いて疲れた顔に、また遠くを見るような表情が浮かぶ。「わたしは昔から脅しというのがあまり得意でないのだが、たいそう役に立つこともあるそうだからな」

アーサーは目をぱちくりさせた。

「なんて変わった人なんだ」彼はひとりつぶやいた。

「なにか言ったかね」

「いや、なんでもないんです。すみません」アーサーはあわてて言った。「それで、どこへ行くんですか」

「エアカーに乗ろう」老人はアーサーを手招きした。さっきの乗物は、いつのまにかすぐそばに来て停まっている。「この惑星の奥底に降りていくのだ。そこで、いまもわが種族が五百万年の眠りから蘇生しつつある。マグラシアは目覚めた」

老人の隣の席に座ったものの、アーサーは震えを抑えられなかった。その乗物の奇妙さに、そして夜空に高く舞いあがるときの静かな浮き沈みに、どうしても不安をかきたてられる。

老人に目をやった。操縦パネルの小さなランプがぼんやりした光を投げ、それが老人の顔を照らしている。

「あの、失礼ですが」アーサーは言った。「お名前はなんというんですか?」

「名前かね?」老人の顔に、またさっきと同じかすかな悲しみがきざした。しばしためらってから、「わたしの名前は……スラーティバートファーストだ」

アーサーはあやうく息が詰まりそうになった。

「なんですって?」咳き込みながら訊きかえす。

「スラーティバートファーストだ」老人は静かにくりかえした。

「スラーティバートファースト?」

老人は厳めしい顔でアーサーを見た。

「名前はどうでもよいと言っただろう」

エアカーは滑るように夜の闇を渡っていく。

23

これは重要でよく知られた事実であるが、ものごとはつねに見かけどおりとはかぎらない。たとえば惑星・地球では、人類はずっと自分たちのほうがイルカより賢いと思い込んでいた。なぜなら人類は多くの偉業をなし遂げ、車輪を発明したりニューヨークを築いたり戦争をしたりしてきたのに、イルカは水のなかでむだに時間をつぶし、ただ遊びほうけているばかりだったからだ。しかしイルカはイルカで、自分たちのほうが人間よりずっと賢いと思っていた——その理由はまったく同じである。

興味深いことに、イルカたちは惑星・地球の最期が迫っていることに早くから気づいていて、人類に危険を知らせようと数々の努力をした。しかし、いくら努力しても、おいしいおやつ欲しさにサッカーボールを突ついたり笛を吹いたりして愉快な曲芸をしているというふうに誤解されたので、イルカたちはしまいにあきらめて、ヴォゴン人がやって来る直前に独自の手段で地球をあとにした。

イルカが最後の最後に残したメッセージは、米国国歌を笛で吹きながら後方二回転宙返りをして輪をくぐるというあっと驚く高度な曲芸と誤解されたが、ほんとうはこういう意味だった——**さようなら、いままで魚をありがとう**。

実際には、地球にはイルカより賢い動物は一種類しかいなかった。そしてその動物は行動学研究所で多くの時間を過ごし、輪のなかを走りまわったり、恐ろしく高度で巧妙な実験を人間に対しておこなったりしていた。この関係についてもやはり人類は完全に誤解していたが、それはまさにこの動物たちの狙いどおりだった。

24

冷たい闇のなかを、エアカーは音もなく飛んでいく。エアカーの柔らかい光のほかには、マグラシアの深い夜闇にはただのひとつも光は見えなかった。エアカーは高速で飛んでいた。同乗の老人は物思いに沈んでいるようだった。アーサーは二度か三度、また会話を始めようと話しかけてみたが、老人は返事代わりに乗り心地はどうかと尋ねるばかりで、それきりまた黙ってしまう。

どれぐらいの速度で飛んでいるのか目測しようとしたが、外は文字どおり漆黒の闇で、手がかりになりそうなものはなにひとつ見えなかった。動いている感じがほとんどしないので、じつはぜんぜん動いていないのではないかと思うほどだった。

やがてはるかかなたに小さな光が現れたかと思うと、それが見る見る大きくなってきた。すごいスピードでこっちに近づいてきているのだと気づいて、どんな乗物なのか見分けようとした。目を凝らしてみたが、はっきりした形状はわからない。とそのとき、アーサーは恐怖にあえいだ。エアカーががくんと高度を下げたかと思うと、その光に向かって急降下しはじめたのだ。このままではまちがいなく衝突する。両者の相対速度は信じられないほどで、アーサーには息を呑む間《ま》もなかった。だがその瞬間が過ぎて気づいてみると、尋常でない速さですっ飛んでいく銀色のものにエアカーは取り巻かれていた。きょろきょろとあたりを見まわすうちに、後方に小さな黒い点があるのに気がついた。それがどんどん小さくなっていく。何秒かしてようやく、いまなにがあったのかわかってきた。

エアカーは地面のトンネルに飛び込んだのだ。先ほどのすさまじい速度は、地面で静止している穴、トンネルの入口の光に対するこのエアカー自身の速度だった。尋常でない速さですっ飛んでいく銀色のものは丸いトンネルの壁で、エアカーはそのトンネルのなかをおそらくは時速数百キロですっ飛ばしているのだ。

アーサーは恐ろしさに目をつぶった。

どれぐらい経ったか判断しようという気にもならなかったが、やがて速度がいくらか落ちてきたのがわかった。さらにしばらくしてから、徐々に速度を落として静かに停止しようとしているのだと気がついた。

アーサーは目をあけた。そこはまだ銀色のトンネルのなかだった。一点に収束する数多くのトンネルが交差しあって込み入った迷路をつくり、エアカーはその迷路を縫うようにして進んでいく。ついにエアカーが停まったとき、そこは湾曲したスチールの壁からなる小さな部屋だった。ほかにもここで終点になっているトンネルがいくつかあり、部屋の奥のほうには大きな光の円が見えた。ぼんやりした光だが、見ているといらいらする。どうも目に錯覚を起こさせるようで、目の焦点がその光にどうしても合わず、近くにあるのか遠くにあるのかわからないのだ。アーサーは、あれは紫外線にちがいないと思った（がそれは大まちがいだった）。

スラーティバートファーストはこちらに顔を向け、老いた目で重々しくアーサーを見た。

「地球人よ、ここはマグラシアの地中深く、惑星の中心部だ」

「どうしてぼくが地球人だと知ってるんです」アーサーは問い詰めた。

「そのうちわかってくる」老人は穏やかに答えた。「少なくとも」なんとなくおぼつかない口調になって、「少なくともいまよりはな」

彼は言葉を続けた。「先に警告しておくが、これから行く部屋はこの惑星には厳密な意味では存在しておらん。少しばかり、その……大きすぎるのだ。これから通路を抜けて広大な超空間《ハイパースペース》に向かうのだが、あんたはちょっと驚くかもしれない」

アーサーはのどの奥で不安そうな音を立てた。

スラーティバートファーストはボタンに触れながら、あまり励ましになるとは言えない調子で付け加えた。「じつはわたしも死ぬほど恐ろしいのだ。しっかりつかまってなさい」

エアカーは光の円のなかにまっすぐ突っ込んでいき、アーサーはたちまち、無限とはどういうものかわかったと思った。

実際にはそれは無限ではなかった。本物の無限はのっぺりして面白みのないものだ。夜空を見あげればそこに無限が見えるが、距離がわからないから意味がない。エアカーが出た部屋はなんにせよ無限ではなく、ただもうめったやたらに大きいだけだった。あまりに大きいので、本物の無限よりもはるかに無限らしく見えるのである。

アーサーの五感は上下に揺れつつ回転した。エアカーがすさまじいスピードで動いているのはわかっているのだが、この広大な空間の前ではその上昇はあまりに遅々としている。たったいま通過してきた通路の出口は、たちまち針の穴に変わって見えなくなった。後ろをふり向けばいまはただ輝く壁が見えるばかりだ。

その壁。

その壁はどんな想像も及ばなかった――想像を誘い寄せて叩きのめしていた。脳みそがしびれるほど巨大で垂直で、てっぺんは見えず基部も見えず左右も目の届くかぎりどこまでも続いている。見るだけでめまいを起こしてショック死しそうだった。

壁は完全にまったいらに見えた。よほど精密なレーザー計測装置を使わなければわからないが、無限の高さにそそり立ち、めまいがするほど深く落ち込み、左右はるかかなたまで延々とのびて見えるこの壁も、じつは湾曲しているのだ。十三光秒のかなたで閉じている——言い換えれば、うつろな球体の内壁をなしているのだ。球体の直径はおよそ五百万キロメートルで、そのなかには不思議な光があふれていた。

「ようこそ」スラーティバートファーストが言った。この広大な空間ではエアカーはちっぽけな点に過ぎず、いまは音速の三倍で飛んでいるにもかかわらず、止まっているかと思うほどどちまちまと這い進んでいる。「ようこそ、わたしたちの作業場へ」スラーティバートファーストは言った。

アーサーは周囲を眺めて、いわば感動的な恐怖を覚えていた。はるか前方、距離を推測することはおろか想像することもできないほど遠くに、風変わりな懸架装置が並んでいた。金属と光の織りなす繊細なレースのようだ。それをまわりにまといつかせて、球状のものが空中に浮かんでいるが、影になっていてよく見えなかった。

スラーティバートファーストが言った。「ほとんどの惑星はここでつくるのだ」

「それはつまり」舌がもつれて言葉がすらすら出てこない。「つまり、また本格的に仕事を再開しようとしてるんですか」

「いやいや、とんでもない、そうではない」老人は驚いて声を高めた。「銀河系はまだそこまで豊かにはなっておらん。とうていうちの商売は成り立たんよ。わたしたちが目覚めたのは、例外的な依頼がひとつ舞い込んだからだ。非常に……特別な、別の次元の顧客からな。たぶんあんたも興味があるだろう……ほら、遠いが真正面に見える」

指さす方向を目でたどるうちに、宙に浮かぶ構造物のうち、老人がどれをさしているのかわかってきた。実際のところ、作業がおこなわれている形跡がある構造物はそれひとつきりだった。もっとも、その形跡はそれと指させるようなものではなく、意識下の印象に近いものだったが。

ところが、そのとき問題の構造物全体に閃光が走り、なかに収まった暗い球体が照らされて、表面に刻まれた模様がくっきりと浮かびあがった。その模様には見覚えがあった。でこぼこのしみのようなその形は単語の形のようになじみが深く、基本的な知識として頭に染みついている。何秒間か、アーサーはものも言えずにぼうぜんと座っていた。いまの残像が頭のなかをぐるぐる走りまわり、どこか落ち着く場所を見つけてとにかくなにか意味をなしたいとあせっている。

脳みその一部は、いま見ているのは彼がすっかり知っているもので、あの形状がなにを表しているかはっきりわかっていると言っていた。しかし別の一部はきわめて分別よくそれを否定し、そちらの方向へ考えを進めていくなら責任は自分にはないときっぱり言い切っていた。

そのときまた閃光が走り、今度はもう疑う余地がなかった。

「地球だ……」アーサーはささやくように言った。

「まあその、地球その二だがね、正確には」スラーティバートファーストがうれしそうに言う。「もともとの設計図から複製をつくっておるんだよ」

しばしの間があった。

「それはつまり」アーサーはゆっくりと抑えた口調で言った。「地球はもともとここで……つくられたってことですか」

「そうだよ」スラーティバートファーストは言った。「あそこに行ったことはないかね……たしかノルウェーと言ったと思うが」

「いいえ、ありません」とアーサー。

「それは残念だな。あれはわたしの作品でね、賞をもらったんだよ。美しく縮れた海岸線。あれが壊されたかと思うと残念至極だよ」

「こっちは残念どころじゃないですよ！」

「まあそうかもしれんが、あと五分あとであれば、これほど大騒ぎにはならなかっただろうに。こんなとんでもない手違いは聞いたこともない」

「はあ？」

「ねずみは怒り狂っておったよ」

「ねずみが怒り狂ってた？」

「そうだよ」老人は穏やかに言った。

「そりゃ、それを言うなら犬だって猫だってカモノハシだって……」

「ああ、しかし金を出したわけじゃないからね」

「ひょっとして、これはみんな時間のむだなんじゃないんですか。もうあなたの話を聞くのはやめて、いますぐ発狂したほうがましな気がするけど」

気まずい沈黙のなか、エアカーは飛びつづける。ややあって、老人は気をとりなおして説明を続けようとした。

「地球人よ、あんたが住んでいた惑星を発注し、代金を支払い、運営していたのはねずみなのだ。あれがつくられたのには目的があって、その目的があと五分で達成されるというときに壊されてしまった。だから、もうひとつつくらなくてはならなくなったんだよ」

たったひとつの単語しかアーサーの耳には入っていなかった。

「ねずみですって？」彼は言った。

「そのとおり」

「その、失礼ですが——いま話してるのは、あの小さくて白くて毛むくじゃらの生き物のことですか？　チーズに執着してて、六〇年代初期のコメディでは女性がテーブルに飛びあがって悲鳴をあげるあれ？」

スラーティバートファーストはつつましく咳払いをした。

「地球人よ、あんたの話しようにはときどきついていけなくなる。いいかね、わたしは五百万年間、このマグラシアという惑星の地下で眠っていたんだよ。その、六〇年代のコメディとやらのことはほとんど知らんのだ。あんたたちがねずみと呼んでおるあの動物だが、あれは見かけと実体がまったくかけ離れておるのだよ。あの見かけはたんにこちらの次元での顕現にすぎない。ほんとうは大変な超知性を備えた汎次元生物なんだ。チーズだのチューチューだの、そういうのはみんな、ただのうわべでしかないんだよ」

老人はいったん言葉を切り、気の毒そうにまゆをひそめて続けた。

「ねずみたちは、人間を使って実験をしていたのではないかな」

アーサーはそれを聞いて少し考え込み、やがてぱっと明るい顔になった。

「ああそうか、どうしてそんな誤解が生じたのかやっとわかりましたよ。ちがうんですよ、人間のほうがねずみを使って実験をしていたんです。よく行動学の研究に使われてましたからね、パブロフとかその手の研究に。つまり、ねずみにいろんなテストを受けさせて、ベルを鳴らしたり迷路やなんかを走りまわったりするのを覚えさせて、学習ってものの本質を調べてたんですよ。ねずみの行動を観察することで、人間自身についていろんなことがわかるという……」

アーサーの声は尻すぼみに途切れた。

「なんと巧妙な……」スラーティバートファーストは言った。「脱帽ものだね」

「えっ？」

「それ以上の方法があるかね？　かれらは自分たちの正体を隠しつつ、あんたたちの思考を操作していたんだよ。急に迷路をまちがった方向に走ってみせ、食べてはいけないチーズを食べてみせ、なんの前ぶれもなく粘液腫症でぱたっと死んでみせ——精密な計算のうえでやれば、累積効果は計り知れないだろう」

彼は効果をねらって間を置いた。

「いいかね、かれらはほんとうはことのほか頭の切れる超知性汎次元生物なんだよ。あんたの惑星と種族は有機コンピュータの基盤をなしていて、一千万年かけた研究プログラムを実行しておったのだ」

「なにもかも話して聞かせよう。少し時間がかかるが」

アーサーは力なく言った。「いまのところ、ぼくは時間では悩んでませんから」

25

言うまでもなく、人生にはさまざまな悩みがつきものである。なかでもごく一般的な悩みはこうだ――**人はなぜ生まれ、なぜ死ぬのか。生まれてから死ぬまでのあいだ、人はなぜいつもいつもいつもデジタル時計をはめていたがるのか。**

はるか一千万年以上もむかしのこと、超知性汎次元生物（かれら自身の汎次元宇宙では、人類とそれほどちがわない形態をとっている）のある種族が、人生の意味についてのべつ議論するのはもううんざりだと考えた。そんな議論のせいで、かれらの愛するブロッキアン・ウルトラ・クリケットという娯楽（それらしい理由もなくいきなり人をぶん殴って逃げるという奇妙なゲーム）にしょっちゅう水が差されていたからである。そこでかれらは、本腰を入れてこの問題に取り組み、最終的な解決に持っていくことにした。

そしてそのために、ずば抜けたスーパーコンピュータを建造した。このコンピュータは感動的に賢かったため、データバンクもまだ接続されないうちに、早くも「われ思う、ゆえにわれあり」というところから推論を始めていた。人々が気づいてスイッチを切るころには、すでにライスプディングや所得税の存在まで推論するに至っていた。

大きさは小さめの都市ほどもあった。

そのメインコンソールは、特別に設計された重厚なオフィスに設置され、豪華な超赤色の革を張った最高級超マホガニー製の巨大にして重厚なデスクに据えられていた。暗色のカーペットは豪華ながら上品で、珍しい観葉植物の鉢植えや、趣味のよい銅版画——おもだったプログラマーとその家族の肖像を描いたもの——が部屋じゅうにふんだんに飾られ、堂々たる窓は木々に縁どられた公園を見おろしていた。

記念すべき火入れの日、地味な服装のふたりのプログラマーがブリーフケースを持ってやって来て、ひっそりとオフィスに通された。この日、全種族を代表してその最も輝かしい瞬間に立ち会うことになるのは承知していたが、ふたりはあくまで落ち着いて静かにふるまい、デスクの前にかしこまって腰をおろすと、ブリーフケースを開いて革装のノートを取り出した。

ふたりの名はランクウィルとフークという。

しばらくふたりはうやうやしく沈黙していたが、やがてフークと静かに目を見交わしてから、ランクウィルが身を乗り出し、小さな黒いパネルに触れた。

ごくかすかな唸りが聞こえはじめ、堂々たるコンピュータは完全なアクティブモードに入った。やや間《ま》を置いて、コンピュータは豊かなよく響く低音で語りかけてきた。

「わたしに与えられる大いなる使命《タスク》はどのようなものでしょうか。このわたし、深慮遠《ディープ・ソ》謀《ート》、この宇宙の時空で二番めにすぐれたコンピュータが生み出されたのは、いかなる使命を果たすためですか」

　ランクウィルとフークは、驚いてちらと顔を見あわせた。

「コンピュータよ、おまえの使命は……」フークが口を開いた。

「いや、ちょっと待て、これはおかしい」ランクウィルが不安げに口をはさんだ。「われわれは最初から、史上最もすぐれたコンピュータをつくるつもりで設計にとりかかったんだ。次善で間に合わせるつもりはない。ディープ・ソート」とコンピュータに呼びかけた。「おまえはわたしたちが設計したとおりではないのか、あらゆる時代を通じて最もすぐれた最も強力なコンピュータではないのか？」

「わたしは先ほど、二番めにすぐれたコンピュータと名乗りました」ディープ・ソートは詠唱するように言った。「その言葉どおりです」

　ふたりのプログラマーは、また不安げな視線を交わした。ランクウィルが咳払いをした。

「これはきっとなにかのまちがいだ」彼は言った。「おまえよりすぐれたコンピュータというのは、マクシメガロンの十億巨大頭脳《ミリヤード・ガルガンチュブレイン》のことか？　あれは、ひとつの恒星に含まれる原子をすべて一ミリ秒で数えられるというが」

「ミリヤード・ガルガンチュブレインですと？」ディープ・ソートは軽蔑を隠そうともせずに言った。「あれはただのそろばんです。あんなものと比べないでいただきたい」

「それでは」とフークがあせって身を乗り出し、「第七銀河〝光と独創〟の十を乗す《グーゴル》ること十の百乗回の星の思索者《プレックス・スター・シンカー》のほうが分析力で秀でているというのか？　あのマシンは、ダングラバッド座ベータ星の五週間の砂嵐で飛ぶ砂の軌道を、ひと粒残らず計算できるそうだが」

「五週間の砂嵐ですと？」ディープ・ソートは見下すように言った。「このわたしに、ビッグ・バンのさいの原子のベクトルすら考察してきたこのわたしに、そのような計算をせよというのですか。笑わせないでください、それは電卓レベルの問題です」

ふたりのプログラマーは、しばし黙ってもじもじしていた。やがて、またランクウィルが身を乗り出した。

「それでは、キケロニクス第十二惑星の大超脳葉全知中性子雄弁者《グレート・ハイパーロビック・オムニコグネート・ニュートロン・ラングラー》、またの名を不可思議にして疲れ知らず《マジック・アンド・インディファティガブル》のほうが、おまえより徹底した議論を展開できるというのか？」

「グレート・ハイパーロビック・オムニコグネート・ニュートロン・ラングラーは」ディープ・ソートは、rをすべて完全に巻き舌で発音した。「日がなしゃべりまくってアークトゥルス大ロバの耳に大ダコをつくることはできるでしょうが、大ロバを説き伏せて散歩に行かせられるのはわたしだけです」

「ではなにが問題なのだ？」フークが尋ねた。

「問題などありません」ディープ・ソートは堂々たる声を響かせた。「わたしはたんに、この宇宙の時空において二番めにすぐれたコンピュータだというだけです」

「しかし、なぜ二番めなんだ？」ランクウィルが食い下がる。「さっきからずっと二番め二番めと言っているのはなぜだ？　まさか、多副腎皮質明晰子《マルチコルチコイド・パースピキュトロン》タイタン攪拌機《マラー》が一番だというのではないだろうな？　それとも自動熟考機《ポンダーマティック》か、あるいは……」

コンピュータのコンソール全体に、せせら笑うような光がひらめいた。

「そのような愚かな人工知能などに、思考ユニットをただのひとつでも費やすなどもったいなくてできません」彼は大音声で言った。「わたしが言っているのはほかでもない、わたしのあとに現れるコンピュータのことです！」

フークはついにたまりかね、ノートをわきに押しのけてつぶやいた。「だれが救世主到来を予言してくれと頼んだんだ？」

「あなたがたには未来のことがまったくわからない」ディープ・ソートは言った。「しかしながら、わたしの無数の回路では、未来の可能性について無限のデルタ・ストリームを処理することができます。ですから、いずれそのときが来るとわかるのです。そのコンピュータから見ればたんなる演算パラメータにすぎないものも、わたしごときには計算することとさえかなわないでしょう。しかし、そのコンピュータをいずれ設計するのがわたしの運命なのです」

フークは重いため息をつき、ランクウィルにちらと目を向けた。

「そろそろ質問に移ろうか」彼は言った。

ランクウィルは待てと合図した。

「おまえの言っているそれは、いったいどんなコンピュータなんだ?」彼は尋ねた。

「現時点ではこれ以上のことは話せません」ディープ・ソートは言った。「さて。ほかの質問をしてわたしに仕事を与えてください。どうぞ」

ふたりはそろって肩をすくめた。フークが居ずまいを正した。

「おお、ディープ・ソート・コンピュータよ」彼は言った。「おまえを設計したのはこの使命を実行してもらうためだ。さあ、いまこそ与えてくれ……」そこでいったん間を置いて、「……回答を!」

「回答?」ディープ・ソートは言った。「なんについての回答ですか」

「生命の!」フークが言った。

「宇宙の!」ランクウィルが言った。

「その他もろもろの!」ふたりは声をそろえて言った。

ディープ・ソートはしばらく黙って考え込んだ。

「むずかしい」ついに彼は言った。

「しかし、おまえなら答えられるだろう？」

ふたたび長い間があった。

「はい」とディープ・ソート。「答えられます」

「答えがあるんだな？」フークが興奮に息をはずませて言った。

「単純な答えが？」ランクウィルが畳みかけた。

「あります」ディープ・ソートは言った。「生命、宇宙、その他もろもろについて答えはあります。しかし」と彼は付け加えた。「まずは考えなくてはなりません」

とそのとき、だしぬけに騒ぎが起こって緊張が破られた。ドアが勢いよく開き、ふたりの怒れる男が部屋に飛び込んできた。粗末な色あせた青いローブを身につけ、クラックスワン大学のベルトを締めている。阻止しようとしたスタッフはあっさり押しのけられた。

「われわれは入室を要求する！」若いほうがわめき、きれいな若い秘書ののどに肘鉄をくらわせた。

「あきらめろ」年長のほうも叫んだ。「閉め出そうったってそうはいかんぞ！」と、下級のプログラマーをドアの外へ押し返す。

「われわれは、われわれを閉め出そうったってそうはいかんと要求する！」若いほうが叫んだが、このときは完全に室内に入り込んでいて、彼を止めようとする者はもういなかった。

「きみたちはなんだ?」ランクウィルが怒りもあらわに椅子から立ちあがった。「なんのまねだ?」

「わたしはマジクサイズだ!」年長のほうが名乗った。

「そしてわたしは、わたしがヴルームフォンドルであることを要求する!」若いほうが怒鳴った。

マジクサイズはヴルームフォンドルに向かって、「もういい」と不機嫌に説明した。

「それは要求する必要はないんだ」

「もういい!」ヴルームフォンドルはそばのデスクを叩いた。「わたしはヴルームフォンドルだ、これは要求ではない、確固たる事実だ! われわれが要求するのは確固たる事実だ!」

「ちがう!」マジクサイズがたまりかねて怒鳴った。「それはわれわれの要求とは正反対だ!」

ほとんど息継ぎの間もなく、ヴルームフォンドルが怒鳴った。「われわれは確固たる事実は要求しない! われわれが要求するのは、確固たる事実の完全な不在である。わたしはヴルームフォンドルかもしれないし、そうでないかもしれないということを要求する！」

「いったいきみたちはなんだ？」フークが激怒して叫んだ。

「われわれは」とマジクサイズ。「哲学者だ」

「ただし、ちがうかもしれないぞ」と、ヴルームフォンドルが警告するように指を振ってみせた。

「まちがいなく哲学者なんだよ」マジクサイズがおっかぶせるように言った。「われわれは絶対にまちがいなく、哲学者、賢人、先覚者、その他あらゆる思索者からなる合同組合の代表者だ。われわれは、その機械のスイッチを切るよう要求する。それもいますぐにだ！」

「なにが問題なんだ？」ランクウィルが言った。

「なにが問題か説明してやろう」マジクサイズが言った。「問題は縄張りだ！」

ヴルームフォンドルがわめいた。「われわれはぁ、問題は縄張りかもしれないしそうでないかもしれないことを要求するぅ！」

「その機械には足し算でもやらせておけばいいんだ」マジクサイズがすごんだ。「永遠の真理のほうはこっちに任せといてもらいたいね。法的な立場が知りたいなら教えてやろう。究極の真理の探究は、勤労思索家に与えられた奪うことのできない特権と法律ではっきりと定められているんだ。くされコンピュータがほんとに真理を見つけてしまったら、われわれはたちまち路頭に迷うじゃないか。そうだろう、神は存在するかどうかとひと晩じゅう議論していてなんになる？　夜が明けたら、機械が当たり前みたいに神の電話番号を教えてくれるっていうんだから」

「そのとおり！」ヴルームフォンドルが叫んだ。「われわれは、疑念と不確実性の明確に限定された領域を要求する！」

とそのとき、いきなり部屋じゅうに大音声がとどろいた。

「ちょっとひとことよろしいですか」ディープ・ソートが尋ねた。

「われわれはストライキに訴える！」ヴルームフォンドルがわめく。

「そのとおり！」マジクサイズが声を合わせた。「このままだと、全国的に哲学者のストライキが起きるぞ！」

ブーンというかすかな唸りの音量がだしぬけに上がった。控えめに彫刻と表面仕上げをほどこしたキャビネット・スピーカーが部屋のあちこちに置かれているが、それに組み込まれた補助低音駆動装置のスイッチが入ったのだ。ディープ・ソートの声量がいくらか高まった。

「聞いていただきたい」コンピュータは声をとどろかせた。「わたしの回路はすでに不可逆的に計算を開始しており、生命、宇宙、その他もろもろの回答に達するまでは止められません」そこでいったん言葉を切り、全員が彼の言葉に耳を傾けていると得心が行くと、やや声量を落として先を続けた。「しかし、このプログラムを実行するにはいささか時間がかかります」

フークは気短に時計に目をやった。

「どれぐらいかかる？」

「七・五かける百万年です」ディープ・ソートは言った。

ランクウィルとフークは目をむいて顔を見あわせた。

「七百五十万年だと！」ふたりは声をそろえて叫んだ。

「そうです」ディープ・ソートは堂々と言い放った。「まずは考えなくてはならないと言いませんでしたか？　それで思いついたのですが、このようなプログラムを実行すれば、当然のことながら哲学分野全般に社会全体の大きな注目が集まります。わたしがしまいにどのような回答に到達するか、だれもがそれぞれに説を唱えるでしょうが、マスコミの注目を利用するうえで、あなたがた哲学者より有利な立場の人がどこにいます？　お互いに激しく意見を衝突させ、一般紙で互いをこきおろしつづけることができれば、そして目端のきくエージェントを見つけられれば、一生を通じて甘い汁が吸えるでしょう。いかがです？」

ふたりの哲学者はあっけにとられてコンピュータを見つめた。

「まいったな」マジクサイズが言った。「これこそ深慮というものだ。なあヴルームフォンドル、なぜおれたちはこういうことを思いつかないんだろうな」

「さあ」とヴルームフォンドルが畏怖に打たれてささやいた。「たぶん、おれたちの脳みそは高度な訓練を受けすぎてるんだよ」

そう言いながら、ふたりはまわれ右をして出ていった。ドアの外には、かれらの想像をはるかに超える夢の人生が待っていた。

26

「なるほど、ためになりましたよ」アーサーは言った。スラーティバートファーストからこの話の要点を聞かされたのだ。「でも、地球やねずみの話とどうつながるのかわからないんですが」

「これは前半だよ、まだ続きがあるのだ」老人は言った。「七百五十万年後、記念すべき回答の日になにがあったか知りたければ、わたしの書斎に来てくれんかね。あそこに行けば録感テープ《センソテープ》の記録があるから、その日のできごとを自分でじかに体験できる。もっとも、新しい地球のうえをちょっと歩いてみたいというなら別だが――ただ、まだちゃんと完成しておらんと思うのだよ。地層に人工の恐竜の骨を埋め込む作業すら終わっておらんし、そのあとには新生代の第三紀と第四紀の地層を重ねなくちゃならん。それに……」

「いえ、けっこうです」アーサーは言った。「前と完全に同じじゃないでしょうから」

「ああ」とスラーティバートファースト。「同じにはならんだろうね」彼はエアカーを反転させて、あの脳みそのしびれそうな壁に向かって引き返しはじめた。

27

スラーティバートファーストの書斎は惨憺たるありさまだった。公立図書館で爆発が起きたあとのようだ。老人はなかに入ると顔をしかめた。

「まことに不運なことに、生命維持コンピュータのひとつでダイオードが切れてしまってな。清掃員を蘇生させようとしたら、三万年近く前に死んでおったのだよ。あの死体をだれが片づけることになるものやら、かいもく見当もつかん。それ、あそこに座ってはどうかね。接続してあげよう」

そう言って指し示した椅子は、ステゴサウルスの肋骨でできているかと思うような椅子だった。

「それはステゴサウルスの肋骨でできているのだよ」老人は説明しながらあちこち歩きまわり、いまにも崩れそうな書類や設計道具の山の下からワイヤを探して引っぱり出してきた。「ほれ、これを持って」と、被覆をはがしたワイヤ二本の端をアーサーに差し出した。

それを手にとった瞬間、一羽の鳥が彼の身体をまっすぐ突き抜けて飛んでいった。

彼は中空に浮かんでいたが、自分の姿はまったく見えなかった。下を見ると、美しい樹木に縁どられた都市の広場があり、その周囲には目の届くかぎりどこまでも、開放的で広々とした白いコンクリート造りの建物が並んでいた。しかし、なんとなくくたびれている――多くはひびが入り、雨で汚れていた。とはいえ、今日は太陽が輝き、さわやかな微風が木々のあいだを軽やかに吹き抜けていく。建物という建物が低くハミングしているような奇妙な印象を受けるのは、広場にも周囲の街路にも、興奮に顔を輝かせた人々がおおぜい詰めかけているせいだろう。どこからともなく楽隊の演奏が聞こえ、色鮮やかな旗が微風にひるがえり、あたりには祝祭の気配が満ちていた。

アーサーは無性に寂しくなってきた。にぎやかな広場の上空に宙ぶらりんの状態で、しかも肉体すら持っていないのだ。しかし、そのことをじっくり考えるひまもないうちに、人々に呼びかける声が広場に響きはじめた。

明らかに広場の主《ぬし》というふぜいの建物の前に、はなやかに飾られた演壇がしつらえてあり、男がそこに立って拡声器で口上を述べていた。

「ディープ・ソートの足下で待つみなさん！　この宇宙が生んだ最も偉大な、そして真の意味で最も興味深い賢者であった、ヴルームフォンドルとマジクサイズの誉れ高い子孫のみなさん……待ちに待った日がついにやって来ました！」

熱狂的な歓声がどっと沸き起こった。旗や吹き流しが振られ、口笛が響きわたる。狭い街路などは、引っくり返ったムカデが必死で足を振りまわしているように見えた。

「七百五十万年間、わが種族は待ち続けてきました。この偉大な日を！　きっと啓蒙の日となるであろうこの日を！」旗振り役の男は叫んだ。「ついに、回答の日がやって来たのです！」

有頂天の群衆から万歳の声が沸いた。

「もう二度と」男は声を張りあげた。「もう二度と、朝《あした》に目覚めて頭を悩ますことはないのです——わたしは何者なのか、わたしの生きる目的はなんなのか、わたしが起きあがらず仕事に行かなかったからと言って、この宇宙にほんの少しでも影響があるのかと。なぜなら今日、ついに単純にして明快な答えが、生命と宇宙とその他もろもろという悩ましい問題を、すべて一挙に解きあかす答えが出るからです！」

ふたたび歓呼の声がはじけたが、アーサーはいつのまにか空中を滑るように移動しはじめていた。演壇から群衆に呼びかけている男の背後、建物の二階の大きな堂々たる窓に向かって降下していく。

窓がぐんぐん近づいてくるので、一瞬パニックが起きそうになったが、それもすぐに収まった。気がついてみたら、触れた覚えもないうちに固いガラスを通り抜けていた。

この奇妙な到着に室内のだれもまゆひとつ動かさなかったが、彼はほんとうはここにいないのだからそれも当然だ。アーサーはしだいにわかってきた。これはみんなただの記録映像なのだ。ただの映像とは言っても、六トラックの七十ミリ・フィルムもこれにくらべたら形無しだが。

室内は、ほぼスラーティバートファーストの話どおりだった。七百五十万年間、一世紀かそこらおきにきちんと修復され、清掃されてきたと見える。超マホガニーのデスクはふちがすり減り、カーペットもいまではいささか色あせていたものの、巨大なコンピュータの端末は燦然として革張りのデスクに鎮座しており、昨日つくられたばかりのようにぴかぴかに輝いていた。

控えめな服装の男がふたり、その端末の前にうやうやしく座って待っていた。

「時が近づいている」とひとりが言った。その首のすぐそば、なにもないところにぱっと文字が出現したのでアーサーは驚いた。文字は「ルーンクウォル」と読めたが、二、三度点滅するとまた消えた。よく呑み込めずにいるうちにもうひとりの男が口を開き、その首の近くに今度は「ファウク」の文字が現れた。

「七万五千世代前、われわれの祖先がプログラムを起動した」第二の男が言った。「それ以来、このコンピュータの声を聞くのはわれわれが初めてだ」

「そう思うと震えが来るようだな、ファウク」最初の男が言い、アーサーははたと気がついた。これは字幕つきの映像なのだ。

「われわれがあの深遠な疑問の答えを聞く者になるのだ。生命と……」

「宇宙と……」ルーンクウォルが言った。

「その他もろもろ……！」

「しーっ」ルーンクウォルが小さく合図をした。「ディープ・ソートが話そうとしているようだぞ！」

もどかしいような間があり、そのあいだにコンソール前面のパネルが少しずつ目覚めはじめた。練習でもするようにあちこちの光が点滅し、やがて規則的なパターンに落ち着いていく。通信チャネルからブーンという低い唸りがかすかに聞こえてきた。

「おはようございます」ついにディープ・ソートが言った。

「えー……おはよう、ディープ・ソートよ」ルーンクウォルがそわそわと言った。「その、もう……えー、そろそろ出たかと……」

「答えですか？」ディープ・ソートがおごそかに口をはさんだ。「出ました」

ふたりの男は期待に身を震わせた。七百五十万年はむだにはならなかったのだ。

「まちがいなく出たのか？」ファウクが息を切らして尋ねる。

「まちがいなく出ました」ディープ・ソートが請けあった。

「森羅万象の答えが？　生命、宇宙、その他もろもろについての深遠なる疑問の答えが出たのか？」

「そうです」

ふたりはどちらもこの瞬間のために教育を受けてきた。この瞬間にそなえることが、そのままかれらの人生だった。生まれ落ちたときに回答を聞く者として選ばれたのだ。だがそれでも、有頂天の幼い子供のように、息を呑み、身をよじらずにはいられなかった。

「それで、その答えを聞かせてもらえるのだな？」ルーンクウォルが催促する。

「はい」

「いま？」

「いまです」

ふたりは乾いた唇をなめた。

「ですが、たぶん」とディープ・ソートは付け加えた。「気に入らないと思いますよ」

「そんなことはどうでもいい」ファウクが言った。「聞かせてくれ！　いますぐ！」

「いますぐですか」ディープ・ソートが尋ねた。

「そう、いますぐだ！……」

「わかりました」コンピュータは言い、また黙り込んだ。ふたりの男はいても立ってもいられない様子だった。緊張が耐えがたいほどに高まる。

「ですが、まったく気に入らないと思いますよ」ディープ・ソートが意見を述べた。

「いいから早く！」

「わかりました」ディープ・ソートは言った。「深遠なる疑問の答えは……」

「答えは……！」

「生命、宇宙、その他もろもろの答えは……」とディープ・ソート。

「答えは……！」

「答えは……」ディープ・ソートは言い、また口をつぐんだ。

「答えは……！」

「答えは……」

「答えは……!!!……？」

「四十二です」ディープ・ソートは、はてしない威厳をこめ、あくまでも落ち着きはらって答えた。

28

　長いあいだ、口を開く者はなかった。

　外の広場で待つ期待に張りつめた顔の海を目の隅に認めて、ファウクはささやいた。

「これじゃ八つ裂きにされるぞ」

「むずかしい仕事でした」ディープ・ソートが穏やかに言った。

「四十二だと！」ルーンクウォルがわめいた。「それだけか？　七百五十万年も待たせておいて、それだけなのか？」

「検算は徹底的におこないました」コンピュータが言った。「これが答えなのは絶対にまちがいありません。あえて正直に申し上げれば、なにが問いなのかあなたがたはよくわかっていない。それが問題なのだと思います」

「わかっているとも、深遠な疑問だ！　生命、宇宙、その他もろもろについての普遍的な疑問だ！」ルーンクウォルが吼えた。

「たしかに」ディープ・ソートは、愚か者に穏やかに言って聞かせるような口調で言った。「ですが、具体的にはどういう問いですか？」

男たちはしだいにぼうぜんとして言葉を失っていった。ふたりはコンピュータを見つめ、互いの顔を見つめあった。

「それは、もちろんその、ただすべての……すべてについての……」ファウクが力ない声で言った。

「ほら見なさい！」ディープ・ソートが言った。「ですから、なにが問いなのかわかれば、答えの意味もわかるでしょう」

「ありがたいお言葉だよ」ファウクがつぶやき、ノートをわきに放り出して、目ににじむ涙をぬぐった。

「よし、なるほど、わかった」ルーンクウォルが言った。「では、なにが問いなのか教えてくれないか」

「究極の問いですか」

「そうだ！」

「生命と宇宙とその他もろもろについての？」

「そうだ！」

ディープ・ソートはしばらく考え込んだ。

「むずかしい」彼は言った。

「だが、おまえならできるだろう？」ルーンクウォルが叫ぶ。

ディープ・ソートはまた長いこと考え込んだ。

ついに、「できません」きっぱりと言った。

ふたりの男は打ちのめされ、椅子にがっくりと沈み込んだ。

「ですが、できる者を知っています」ディープ・ソートは言った。

ふたりははっと顔をあげた。

「それはだれだ？　教えてくれ！」

存在しないはずのアーサーの頭皮がいきなりぞわぞわしはじめた。ふと気がつくと、ゆっくりと、しかし否応なく前方のコンソールがこちらに近づいてくる。この場面を記録しただれかが、劇的効果をねらってズームインしただけだろうとアーサーは思った。

「わたしが言っているのはほかでもない、わたしのあとに現れるコンピュータのことです」ディープ・ソートが詠唱するように言った。彼の声には、かつての芝居がかった荘重な響きが戻ってきていた。「そのコンピュータから見ればたんなる演算パラメータにすぎないものも、わたしごときには計算することさえかなわないでしょう。しかし、そのコンピュータを設計するのはこのわたしです。そのコンピュータにならば、究極の答えに対する究極の問いを計算することができるでしょう。そのコンピュータは無限にして精妙な複雑さをそなえ、有機生物そのものが演算基盤を構成することになるでしょう。そしてあなたたちは新たな形態をとってそのコンピュータに降り立ち、一千万年のプログラムを誘導することになります。そうです、このわたしがそのコンピュータを設計するのです。名前もつけてあげましょう。そのコンピュータの名は……地球です」

ファウクはぽかんと口をあけてディープ・ソートを見た。

「ぱっとしない名前だな」と言ったかと思うと、彼の全身は大きく縦に切り裂かれた。

ルーンクウォルもまた、原因も見当たらないままいつのまにか恐ろしい傷を負っていた。

コンピュータのコンソールにはしみやひびが現れ、壁はちらついて崩れ、部屋は上方につぶれて天井にぶつかり……

スラーティバートファーストがアーサーの前に立っていた。手に二本のワイヤを持っている。

「テープはこれで終わりだよ」彼は言った。

29

「ゼイフォード！　起きろよ！」

「ううーんんんあああ？」

「ほら、起きろってば」

「いまは得意なことをやってる最中なんだから、ほっといてくれよ」ゼイフォードはぶつぶつ言い、声のするほうに背を向けてまた眠りの世界に戻ろうとした。

「蹴られたいのか？」フォードが言った。

「そんなことして楽しいか？」ゼイフォードは寝ぼけ声で言った。

「いや」

「おれもだ。じゃあなんのためにそんなことをする？　ほっといてくれったら」ゼイフォードは身体を丸めた。

「ガスを二倍吸ったんだわ」トリリアンがそれを見おろして、「気管がふたつあるから」

「しゃべるのもやめてくれ」ゼイフォードは言った。「それでなくても眠りにくいんだ。この床はどうなってるんだ？　やけに冷たくて固いな」

「黄金《きん》だよ」とフォード。

バレリーナのようにいきなりぴょんと飛びあがり、ゼイフォードは地平線を見まわした。というのも、黄金の床はどちらを向いてもはるかかなたまで続いていたからだ。それも、完璧になめらかな純金の床が。その輝きはまるで……その輝きをなにかにたとえることは不可能だ。この宇宙のどこにも、純金でできた惑星のように輝くものなどないからである。

「いったいだれがこんなことをしたんだ？」ゼイフォードは飛び出そうな目をして叫んだ。

「興奮するなよ」とフォード。「ただのカタログだから」

「ただの、だれだって？」

「商品カタログよ」トリリアンが言った。「映像なの」

「どうしてわかる？」ゼイフォードは叫び、四つんばいになって地面をじっくりと観察した。指でつついたりほじくったりしてみた。ずっしり重量感があって、ほんの少し柔らかい。爪で引っかくとあとが残った。あくまでも黄色く、あくまでもきらきらしている。息を吹きかけると、まさしく息に曇る純金に特有のあの特別な曇りかたで曇った。

「トリリアンとぼくは、だいぶ前に意識が戻ったんだ」フォードは言った。「大声で騒いでたら人が出てきたから、ますます大声で騒いでやったら、向こうが音をあげてこの惑星カタログのなかにぼくらを放り込んだのさ。いま忙しいからしばらくこれでも見て待ってろってわけ。これはみんな録感テープ《センソテープ》なんだ」

ゼイフォードはいまいましげにフォードをにらんだ。

「くそったれ」彼は言った。「せっかく完璧に楽しい夢を見てたのに、わざわざ他人の夢を見せるために起こしたのか」むすっとして腰をおろした。

「あっちに谷が連なってるのはなんだ?」

「純分認証極印《ホールマーク》だよ」フォードは言った。「さっき見てきた」

「これでもだいぶ起こさないで待ってたのよ」トリリアンは言った。「さっきの惑星なんか膝まで魚で埋まってたんだから」

「魚?」

「おかしなものが好きな人もいるのね」

「その前はプラチナの惑星だった」とフォード。「ちょっと退屈だったよ。でも、この惑星だったら気に入るだろうと思ってさ」

どこに目をやっても、光の海がむらのない輝きで見返してくる。

「たしかにきれいだな」ゼイフォードがむっつりと言った。

空には、大きな緑の文字でカタログ番号が表示されていた。それがちらついて変化したと思うと、見まわせばあたりの景色も変化していた。

三人は声をそろえて言った。「うげっ」

海は紫色だった。三人のいるところは浜辺で、小さな黄色と緑の小石でできている。たぶん途方もなく高価な宝石なのだろう。遠くの山々は柔らかそうに起伏していて、てっぺんが赤くなっていた。そばには純銀のビーチテーブルがひとつあって、それには藤色のフリルつきパラソルと銀の房飾りがついている。

空のカタログ番号があったところに、今度は巨大な広告が現れた。どんな惑星をお望みでも、**マグラシアはご要望にお応えできます。お客さまは神さまです。**

五百人の一糸まとわぬ女たちが、パラシュートで空から降りてきた。

と思ったとたんに場面は変わって、気がつけばそこは牛だらけの春の牧場だった。

「うーっ！」ゼイフォードは言った。「頭がおかしくなりそうだ」

「その話をしてくれよ」とフォード。

「ああ、そうだな」三人はそろって腰をおろし、現れては消えていく周囲の景色は気にしないことにした。

「おれはこう思ってる」とゼイフォードは口を開いた。「おれの頭がどういじられてるにしても、いじったのはこのおれだ。しかも、政府のスクリーニング検査に引っかからないようにいじったんだ。そのうえ、おれは自分でもそれに気づかずにいるはずだった。イカレてるよな」

ほかのふたりはうなずいた。

「となると、そうまでして守らなきゃならん秘密ってなんだってことになる。なにしろ、自分がそれを知ってることをだれにも知られちゃいけない、銀河帝国政府にも、自分自身にすら知られちゃいけないっていうんだからな。だが、その答えをおれは知らない。当然だよな。それでもいろいろ考えあわせてみると、なんとなく見えてくることがある。おれが大統領に立候補しようと決めたのはいつだ？　ユーデン・ヴランクス大統領が死んだすぐあとだ。ユーデンを憶えてるだろ、フォード」

「忘れるもんか、子供のころに会ったあの人だろ。アークトゥルス人の船長で、面白い人だった。あの人の大輪送船におまえが押し込みをかけたとき、トチの実をくれたよな。こんなあきれた坊主には初めて会ったっておまえに言ってた」

「なんの話？」トリリアンが言った。

「昔話さ」とフォード。「ぼくらはベテルギウスでいっしょに育ったんだ。あのころは、銀河系の中心部と周辺域のあいだでかさばる荷物を運ぶときは、たいていアークトゥルスの大輸送船が使われてた。ベテルギウスの市場偵察隊が適当な星を見つけると、アークトゥルス船が交易品を運んでいくわけさ。ドーデリス戦争で一掃されるまでは宇宙海賊がうようよしてたから、大輸送船は銀河系の科学の粋を集めた防衛シールドを積んでたもんだ。じっさい怪物みたいな船でさ、おまけにものすごくばかでかいんだ。惑星をまわる軌道にのってるときなんか、日蝕が起きるぐらいだった。

あるとき、このゼイフォードがガキのころ、それを襲ってみせるって言いだした。成層圏用につくられた三発ジェットのスクーターで、ほんのガキのくせに。つまりとんでもない話だったってこと。イカレたサルよりなおイカレてる。ぼくはその襲撃についていった。ていうのは、無理だってほうに自信満々で賭けてたんでね、にせの証拠を持って戻ってこられちゃ困るからさ。それでどうなったと思う？　その三発ジェットは滅茶苦茶にパワーアップされてぜんぜん別物に化けてて、ぼくらはものの数週間で三パーセクも飛んで、ほんとに大輸送船に押し入ったんだ。いまだによくあんなことができたなと思うね。それからおもちゃの拳銃を振りまわしてブリッジに乗り込んでって、トチの実を出せって要求した。あんな突拍子もない話は聞いたこともない。おかげでぼくは一年分の小遣いを巻きあげられた。たかがトチの実のためにさ」

「その輸送船の船長がユーデン・ヴランクスで、まったく大した人物だった」ゼイフォードは言った。「食料と酒をくれて――ちなみに、その酒ってのが銀河系でもとくに変てこな宙域の酒でさ、それからもちろんトチの実をどっさりくれて、おれたちは夢みたいに愉快な思いをさせてもらったんだ。それから物質転送機《テレポート》で帰してくれたんだが、着いたところはベテルギウス国立刑務所の重警備棟だったよ。まったくやってくれるぜ。そのあと銀河帝国大統領になったんだ」

ゼイフォードは口をつぐんだ。

そのとき、周囲の景色がだしぬけに薄闇に包まれた。黒っぽい霧が三人のまわりで渦を巻き、巨大なものが影のなかをうごめく気配が伝わってくる。ときおり空気を引き裂いて、架空の生物が架空の生物を無惨に引き裂く騒音と悲鳴が響きわたる。察するに、この手のが好きな人間がけっこういたのだろう。こんな商品を用意しても引き合っていたわけだから。

「フォード」ゼイフォードが静かに言った。

「うん?」

「ユーデンは、死ぬ少し前におれに会いに来たんだ」

「ほんとか? 初めて聞いたぞ、そんな話」

「ああ」

「なにか言ってたか? なんのために会いに来たんだ?」

「〈黄金の心〉号のことを教えてくれた。あれを盗んだのはユーデンのアイデアなんだ」

「ユーデンの?」

「ああ。それから、盗むなら進水式に出席する以外に方法はないと言ってた」

驚愕のあまり、フォードはしばらく口をぽかんとあけてゼイフォードを見ていたが、やがて派手に吹き出した。

「まさか、銀河帝国大統領になると決めたのは、あの船を盗むためだったっていうんじゃないだろうな」

「そのまさかさ」ゼイフォードはにたりと笑った。こういう笑いかたをする人間は、たいてい壁に詰め物をした部屋に閉じ込められるものである。

「でもなぜだ」フォードは言った。「なんでそうまでしてあの船を手に入れなくちゃならないんだ」

「さあな」ゼイフォードは言った。「なんであの船を手に入れなくちゃならんのか、なんのために必要なのかおれが自覚していたら、脳のスクリーニング検査で引っかかって大統領にはなれなかっただろうと思う。たぶんユーデンはほかにもいろんなことを話していったんじゃないかな。だが、それはまだロックされてるんだろう」

「それじゃ、ユーデンと話をしたせいで、おまえは自分の脳みそをいじくりまわしたっていうのか?」

「ユーデンは話がうまかったからな」

「ああ、だけどな、おまえだって自分はかわいいだろ」

ゼイフォードは肩をすくめた。

「つまりさ、ぜんぜんわけもわからずに、自分で自分を危険な目に遭わせたりはしないだろ。なんでこんなことをしてるのか、少しは見当がつくんじゃないのか」フォードは言った。

ゼイフォードは一心に考え込んだ。疑いが脳裏をよぎったように見えた。

「つかない」彼はついに言った。「どうやらおれは、おれの秘密をおれに明かす気がぜんぜんないみたいだ。だけど」よく考えてから付け加えた。「おれがそうするのはわかるよな。おれだって、逆立ちしたっておれを信用する気にはなれん」

ややあって、カタログの最後の惑星が足の下から消え、現実世界が戻ってきた。

三人が座っていたのは贅沢な待合室だった。ガラスのテーブルがずらりと並び、すぐれた設計を称えるトロフィーがいくつも飾られている。

長身のマグラシア人の男が目の前に立っていた。

「ねずみがお会いになるそうです」彼は言った。

30

「これでわかったろう」スラーティバートファーストは言った。惨憺たるありさまの書斎を少しは片づけようとしていたが、そのやりかたはおざなりでぜんぜん役に立っていない。書類の山のてっぺんから紙を一枚とり、ほかに置く場所が見つからずにもとの山のてっぺんに戻すと、たちまちその山は崩れてしまった。「ディープ・ソートが地球を設計し、われわれが建造し、あんたたちがそこに住んでいた」

「そしてヴォゴン人がやって来て、プログラムが完了する五分前に破壊したわけですね」アーサーは苦いものが混じる口調で付け加えた。

「そういうことだ」老人は言い、立ち止まって室内をぼうぜんと見まわした。「一千万年の計画と労苦があんなふうに水の泡になってしまった。一千万年だよ、一千万年……どれだけ長い歳月か想像できるかね？　たった一匹の虫から銀河文明が五回も興るほどの時間だよ。それが消えてしまった」彼は口をつぐんだ。

「まあ、これぞ官僚主義とあんたは思うだろうがね」と付け加えた。

アーサーは考え込むように言った。「それでいろんなことの説明がつきますね。ぼくは子供のころからずっと、なんの理由もなく、なにかが起きているっていうみょうな気がしてしかたがなかったんですよ。なにか重大な、というより恐ろしいことが起きているのに、だれもなにが起きてるのか教えてくれないっていう」

「いや、それはちがう」老人はいった。「それはまったく正常な妄想だよ。宇宙の人間はみんなそれと同じ妄想にとり憑かれておるのだ」

「みんな?」アーサーは言った。「でも、みんながとり憑かれてるんならたぶんなにか意味があるんですよ! たぶん、ぼくたちの知っている宇宙の外側で……」

「かもしれん。だが、それがなんだね?」スラーティバートファーストは、アーサーがあまり興奮を募らせないうちに口をはさんだ。「老いぼれてしまったせいかもしれんが、わたしはずっとこう思っておるんだ――ほんとうはなにが起きているのかわかる可能性は、もうお話にならんほど小さいものだ。とすれば、意味なんぞ考えるのはやめにして、その時間をほかのことに使えと言うしかなかろう。たとえばこのわたしだ。海岸線の設計が仕事だ。ノルウェーでは賞をもらった」

散らかった部屋じゅう引っかきまわし、アクリル製の大きなブロックを引っ張りだした。表面には彼の名前が刻まれ、なかにはノルウェーの模型が埋め込まれている。

「それのどこに意味がある?」彼は言った。「なんの意味もわたしには思いつけん。一生涯ずっとフィヨルドを手がけてきて、それがほんのいっとき脚光を浴びて、大きな賞を手にする」

ブロックを手に持って引っくり返し、肩をすくめて無造作にわきへ放り投げた。しかし、それほど無造作だったわけではなく、その証拠に固いもののうえには落ちなかった。

「いま建造中の地球その二ではアフリカを担当することになったが、もちろんまたフィヨルドをつくっておる。なにしろ好きなもんでな。それにわたしは昔気質だから、そのほうが美しいバロック調の雰囲気が出ると思っておるんだ。そうしたら、赤道らしさがないと言われた。赤道らしさだと！」力なく笑った。「それがどうした？ たしかに科学はすばらしい成果をあげてきた。それはそうだが、わたしはやっぱり、正しさより楽しさを追求するほうがずっとよいと思う」

「それで、いまは楽しいんですか？」

「いや。そのせいですべてが台無しなのだ、言うまでもなくな」

「残念ですね」アーサーは気の毒になって言った。「それを別にすれば、すごくいい生きかたみたいなのに」

壁のどこかで小さな白いライトがぱっとともった。

「来なさい」スラーティバートファーストは言った。「あんたはねずみに会うことになっておる。あんたがこの惑星に来たもので、大騒ぎになっておるんだよ。たしか、宇宙の歴史で三番めにありえない出来事だと早くも言われておるよ」

「一番めと二番めはどんなことだったんですか?」

「ああ、たぶんただの偶然の出来事だろう」スラーティバートファーストはどうでもよさそうに言った。ドアをあけ、アーサーがついて来るのを待っている。

アーサーはもういちど周囲を見まわし、次に自分のかっこうを見おろした。汗くさくてだらしないかっこうは、木曜日の朝、泥のなかに寝ころがったときのままだった。

「ぼくとぼくの生きかたはぜんぜん反りが合ってないような気がする」彼はつぶやいた。

「なにか言ったかね?」老人が穏やかに尋ねた。

「ああ、いいえ」とアーサー。「ただの冗談です」

言うまでもなく、不用意な発言が人命にかかわるというのはよく知られた事実である。しかし、この問題がいかに広大な範囲に影響を及ぼしているか、そこのところはかならずしも正しく認識されていない。

31

たとえば、「ぼくとぼくの生きかたはぜんぜん反りが合ってないような気がする」とアーサーが口にしたまさにその瞬間、時空連続体に気まぐれなワームホールが発生した。そして彼の言葉は、はるかに遠い過去へ時をさかのぼり、またほとんど無限に近い空間を越えて、かなたの銀河にまで運ばれていった。その銀河では、奇妙で好戦的な生物たちがいましも恐ろしい星間戦争に突入しようとしていた。

対立する指導者ふたりが最終会談に臨んでいるときのことだった。

会談の席には殺気をはらんだ沈黙がたれこめていた。ヴラハーグ族の司令官は、宝石をちりばめた黒い戦闘用半ズボンに美々しく身を固め、彼の真正面にうずくまるガグヴァント族の指導者——こちらは甘い香りのする緑の蒸気の雲に包まれている——をまっすぐにらみつけていた。ヴラハーグの司令官からひとこと命令があれば、ただちに電気的な死をガガグヴァント星に解き放ってくれようと、恐ろしい武器を搭載した最新鋭の宇宙戦艦百万隻が待ちかまえている。司令官は憎い敵に向かって、彼の母親に対する侮辱を撤回せよと迫っていた。

ガガグヴァント人はべとつく熱い蒸気のなかで身じろぎした。まさにその瞬間、「ぼくとぼくの生きかたはぜんぜん反りが合ってないような気がする」という台詞が会談の席に漂ってきた。

不運なことに、これはヴラハーグ語では想像を絶する恐ろしい侮辱の言葉だった。こうなっては開戦以外に道はない。何世紀も続く壮絶な戦争の幕開けだった。

こうしてその銀河系では数千年にわたっておびただしい血が流されたが、もちろんしまいにはすべてがとんでもない勘違いだったことがわかり、敵対していたふたつの宇宙軍はわずかに残る紛争の種を解消し、力を合わせてこちらの銀河に攻撃を仕掛けることにした。こちらの銀河こそが、あの侮辱の言葉の発信源だというのはいまでは確実にわかっていたからだ。

さらに数千年をかけて、堂々たる艦隊は虚無の空間を引き裂き、ついに遭遇した最初の惑星に猛然と襲いかかった——それはたまたま地球だったが、大小の差を完全に計算しまちがっていたため、誤って小さな犬の口に飛び込んで全艦隊が飲み込まれてしまった。

宇宙史に見える複雑な因果の相互作用を研究する人々によると、こういうことはしょっちゅう起こっているのだそうだ。しかも、それを防ぐ手だてはなにひとつないのだという。

「世の中そんなもんだよ」とかれらは言う。

エアカーで短い距離を飛び、アーサーと老マグラシア人はとあるドアの前にたどり着いた。エアカーを降りてドアのなかに入ると、そこはガラスのテーブルとアクリルのトロフィーの並ぶ待合室だった。入ったとたんに向かいの壁にあるドアのうえのライトがぱっとつき、ふたりは今度はそちらのドアをあけた。

「アーサー！　もう安全よ！」という声がした。

「ほんとに？」アーサーは面食らった。「そりゃよかった」

照明が薄暗かったので、姿を見分けられるまで少し時間がかかったが、フォードとトリリアンとゼイフォードが大きなテーブルのまわりに腰をおろしていた。見たこともない料理や、変わった菓子、変てこな果物がテーブルには美しく並べられていて、三人はせっせとそれを口に詰め込んでいた。

「なにがあったんだ？」アーサーは驚いて尋ねた。

「それがな」ゼイフォードは骨ひとつの炙った赤身の肉にむしゃぶりつきながら言った。

「ここのホストにガスを吸わされて、頭のなかをざっと探られて、要するに全体的に言っておかしなあつかいを受けたんだけど、いまはその埋め合わせにけっこうな食事をふるまってもらってるのさ。そら」と、いやな匂いのする肉の塊を皿から取りあげて、「ヴェガン犀《さい》のカツレツはどうだ。こういうのが好きならこたえられないぜ」

「ホスト?」アーサーは言った。「どのホスト? 姿が見えないけど……」

小さな声がした。「地球人よ、昼食会にようこそ」

アーサーはテーブルを見まわし、いきなり悲鳴をあげた。

「うわっ! テーブルにねずみがいる!」

ぎこちない沈黙が落ちた。全員がアーサーをきつい目つきでにらんでいる。

しかし、二匹の白ねずみを見張るのに忙しくて、アーサーはそれに気づかなかった。テーブルにウイスキーグラスのようなものがふたつあり、二匹はそのなかにうずくまっている。アーサーはやっと沈黙に気づいて、仲間たちにちらと目をやった。

「あっ!」彼ははたと気がついた。「これは失礼、ぜんぜん予想してなかったもんだから……」

「紹介するわね」とトリリアン。「アーサー、こちらはベンジー・マウス」

「こんにちは」一匹が言った。なかのタッチパネルらしきものにひげで触れると、ウイスキーグラス様のものが少し前進してきた。

「それで、こちらはフランキー・マウス」

もう一匹のねずみが「初めまして」と言い、最初のねずみと同じことをした。

アーサーは口をぽかんとあけていた。

「でもこのねずみは……」

「そうよ」とトリリアン。「わたしが地球から連れてきたねずみたちよ」

彼女はアーサーの目をまっすぐ見つめた。しかたがないというように、ほんの少し肩をすくめたような気がする。

「そこの、アークトゥルス大ロバのすり身をとってくれない？」彼女は言った。

スラーティバートファーストがつつましく咳払いをした。

「えー、失礼ですが……」彼は言った。

「ご苦労だった、スラーティバートファースト」ベンジー・マウスがぴしゃりと言った。

「もう下がっていいよ」

「えっ？　ああ……その、わかりました」老人はいささか驚いて言った。「それでは、戻ってまたフィヨルドにとりかかるとします」

「ああ、正直なところ、その必要はないと思う」とフランキー・マウスが言った。「どうやら、もう新しい地球はつくらなくてもすみそうだから」彼は小さな赤い目をくりくりさせた。「あの惑星で生まれ育って、破壊される直前までそこにいた住民が見つかったからね」

「なんですと？」スラーティバートファーストが動転して言った。「そんなばかな！一千の氷河をすでに用意して、アフリカじゅうに配置するばかりになっておるんですよ！」

「それじゃ、ちょっと休暇をとって、その氷河でスキーでもしてから片づけるんだね」フランキーが辛辣に言い放った。

「スキーですと！」老人は叫んだ。「あの氷河は芸術作品なのですよ！　優美に刻まれた稜線、天にそびえる氷の尖塔、深く堂々たる峡谷！　高級芸術のうえでスキーなどしたら、それこそ神聖冒瀆というものです！」

「ご苦労だった、スラーティバートファースト」ベンジーがきっぱりと言った。「もうけっこう」

「わかりました」老人は冷やかに言った。「これで失礼します。ではまたな、地球人」とアーサーに向かって、「自分の生きかたと仲直りできるとよいな」

ほかの面々に軽く会釈すると、彼はこちらに背を向けてしょんぼりと部屋を出ていった。

かける言葉もなく、アーサーはその後ろ姿を見送った。

「さて」とベンジー・マウスが言った。「仕事に……」

フォードとゼイフォードがグラスとグラスを軽く触れ合わせた。「仕事に！」

「なんです？」とベンジー。

フォードはテーブルを見まわし、「失礼、てっきり乾杯の音頭だと思って」

二匹のねずみはいらだって、ガラスの乗物のなかを走りまわった。やっと落ち着いたところで、ベンジーが前に進み出てアーサーに向かって話しだした。

「さて、地球の子よ。いまの状況は要するにこういうことだ。ご存じのとおり、この一千万年間、あんたの惑星を運営してきたのは事実上わたしたちだ。この厄介な、いわゆる究極の問いを見つけるために」

「なぜ？」アーサーは語気鋭く尋ねた。

「いや、だめだ——もうそれは考えてみた」フランキーが口をはさんだ。「それじゃ答えに合わないんだよ。なぜ？——四十二……ほら、つじつまが合わないだろ」

「そうじゃなくて」とアーサー。「なぜそんなことをしてきたのかって訊きたかったんですよ」

「ああ、なるほど」とフランキー。「そうだな、しまいにはたんなる習慣になってたと思うよ、正直に言ってしまえばね。要するにこういうことなんだよね、つまりもうすっかり飽き飽きしてるんだ。ヘドロの腐ったようなヴォゴン人のせいでまた一からやり直しかと思うと、正直な話ヒステリーが起きてわめきだしそうなんだよ、わかるかな？

まったく信じられない幸運で、ベンジーとわたしは割り当ての仕事を終えて、休みをとろうと早めに地球を離れたんだ。そのあとはきみの友人たちの好意で、マグラシアまでうまいこと戻って来られたわけさ」

「マグラシアは、わたしたちの次元に通じる出入口なんだ」ベンジーが口をはさんだ。

「そのおかげで」フランキーは続けた。「わたしたちはまことにもって有利な仕事のオファーを受けてるんだよ。5Dのトークショーに出演したり、うちの次元のいろんな地域で巡回講演したりしてくれないかっていうんだ。で、ぜひそのオファーを受けたいと思ってるわけさ」

「おれだって受けるよ。おまえもそうだろ、フォード」ゼイフォードが言った。

「もちろん」とフォード。「鉄砲玉みたいに飛びつくよ」

アーサーはふたりにちらと目をやった。どうも話が見えてこない。

「でもそのためには、『成果』が要るんだよ」とフランキー。「つまり理論的には、やっぱりなんかの形の『究極の問い』が必要だってことさ」

ゼイフォードがアーサーのほうに身を乗り出してきた。

「つまりだ、こう、すごく気楽な感じでスタジオに座ってるだろ。それで、生命と宇宙とその他もろもろの答えを知ってるとこう言うわけだ。で、その答えは結局四十二ですっていずれは言わなくちゃならない。これじゃあやたらに短い番組になっちまうじゃないか。あとが続かないからな」

「なにかこう、受ける話があればいいんだよ」とベンジー。

「受ける話？」アーサーは大声を出した。「究極の問いを二匹のねずみから聞かされて、それで受ければいいって？」

　ねずみたちは毛を逆立てた。

「そりゃ、理想主義もけっこうだし、純粋科学の尊厳もけっこう、いろんな形の真理の探究もけっこうだが、いつかは疑問に思いだすときが来るんじゃないかな。ほんとうに真理なんてものがあるのかとか、この無限の多次元宇宙はどこもかしこも、まずまちがいなくひと握りの偏執狂が動かしてるにちがいないとかね。そこへもってきて、そんなことを突き止めるのにまた一千万年かけるか、金をもらっておさらばするかって選択肢を目の前にしたら、わたしとしては頭を使いたいところだな」

「でも……」アーサーは当惑して口を開いた。

「おい地球人、聞けよ」ゼイフォードが口をはさんだ。「おまえは問題のコンピュータ基盤が生み出した最後の世代なんだぜ、だろ？　しかもだ、惑星がえらいことになるぎりぎり最後の瞬間までおまえはそこにいたわけだ、そうだろ？」

「えー……」

「つまりきみの脳は、もうちょっとで完成って段階のコンピュータ・プログラムの構成の有機的な一部をなしてたわけだよ」フォードが言った。彼としてはかなりわかりやすくまとめたつもりだった。

「な?」とゼイフォード。

「うーん」アーサーは納得がいかなかった。自分がなにかの有機的な一部だと感じたことは一度もないような気がする。それどころか、だからだめなんだと前々から思っていたぐらいだ。

「言い換えれば」奇妙な小さい乗物をあやつって、ベンジーがアーサーに近づいてきた。「問いの構造がきみの脳の構造にコード化されている可能性が高いんだよ。だから、それを買いとりたいんだ」

「買いとるって、その問いを?」アーサーは言った。

「そう」とフォードとトリリアンが言った。

「それも大枚はたいてな」とゼイフォード。

「いや、そうじゃなくてね」とフランキー。「きみの脳を買いとりたいんだよ」

「なんだって!」

「べつに、だれも困らないだろう?」ベンジーが尋ねた。

「脳を電子的に読みとればいいんだって言ってなかったっけ?」とフォードが反論した。

「それはそうなんだけどね」とフランキー。「ただ、まず脳を取り出さなくちゃならない。前処理が必要なんだよ」

「薬品処理して」とベンジー。

「さいの目に切るんだ」

「冗談じゃない」アーサーは叫んだ。ぞっとして立ちあがったはずみに椅子を引っくり返し、テーブルからあとじさった。

「いつでも代わりはつくれるよ」ベンジーが冷静に言った。「そんなに大事だっていうんなら」

「そうそう、電子頭脳をつくってあげるよ」とフランキー。「単純なやつでじゅうぶんだろうし」

「単純なやつだって！」アーサーがわめく。

「そうそう」ゼイフォードが急ににたりと笑った。「単純なプログラムじゃないか。いつでも『なんだって？』か『それはどういうことだ？』か『お茶はどこだ？』と言うようにすりゃいいだけなんだから。だれにも違いなんかわかりゃしない」

「なんだって？」アーサーは叫び、さらにあとじさった。

「ほら、言ったとおりだろ？」とゼイフォードは言って、そこで悲鳴をあげた。トリリアンになにかされたようだ。

「だれにわからなくたって、ぼくにはわかる」アーサーは言った。

「わからないよ」フランキー・マウスが言った。「わからないようにプログラムするから」

フォードはドアに向かって歩きだした。

「悪いけどね、ねずみくんたち」彼は言った。「そういうことなら、取引は無理だと思うよ」

「いやいや、取引はぜひともしてもらわなくちゃ困る」ねずみたちは声をそろえて言った。甲高い小さな声には、もう愛嬌はかけらも感じられない。かすかに泣くような音を立てて、二個のガラスの乗物がテーブルから浮きあがり、宙を飛んでアーサーに向かっていく。アーサーはたじたじとあとじさり、部屋の隅に追いつめられた。文字どおり手も足も出なかった。

トリリアンがアーサーの腕をつかみ、必死にドアのほうへ引っぱっていこうとした。フォードとゼイフォードはそのドアを開けようと手こずっている。しかし、アーサーは動かない。まっしぐらに近づいてくる空飛ぶねずみに催眠術でもかけられたかのようだ。

トリリアンの叫びも耳に入らない様子で、アーサーは口をぽかんとあけていた。

フォードとゼイフォードが力まかせに引っ張ると、ようやくドアは開いた。ところがドアの向こうに待っていたのは、見るも不愉快な数人の男たちだった。どうやらマグラシアの殺し屋どもらしい。男たちだけでも見るに堪えないが、手に持った医療器具もとうてい目に快いとは言いがたい。男たちが襲いかかってくる。

というわけで、アーサーは頭を切り開かれようとしているし、トリリアンにはアーサーを助けることができないし、フォードとゼイフォードは殺し屋の攻撃を受けようとしていて、しかもその殺し屋たちはこっちよりはるかにごつくて鋭利な武器を持っている。

こう見てくるとまったくもっけの幸いと言うしかないが、まさにその瞬間、惑星じゅうの警報器という警報器が耳をつんざく悲鳴をあげはじめた。

32

「非常事態発生、非常事態発生！」マグラシアじゅうで警報器が鳴り響いた。「敵性船舶着陸。第八Ａ区に武装侵入者。緊急配置につけ。緊急配置につけ」

二匹のねずみは、ガラスの乗物の破片のにおいをいらいらと嗅ぎまわっていた。床に落ちて割れてしまったのだ。

「ちくしょう」フランキー・マウスがつぶやいた。「なんて騒ぎだ、一キロかそこらの地球人の脳みそのために」彼はちょろちょろと盛んに走りまわった。赤い目はぎらつき、白いつややかな毛なみは静電気でぱちぱち言っている。

「こうなったら、残る手段はただひとつだ」ベンジーがうずくまって考え込むようにひげをしごきながら、「でっちあげよう。それらしく聞こえる問いを捏造するんだ」

「むずかしいな」とフランキー。「黄色くて危険なものはなんでしょう、てのはどう？」

ベンジーはしばらく考え込んだ。

「だめだな。答えに合わない」

二匹は何秒間か黙りこくっていた。

「それじゃこれは？」とベンジー。「六かける七はいくつでしょう」

「だめだめ、そのまんまじゃないか」フランキーは言った。「客にすぐ飽きられちゃうよ」

ふたたび二匹は考え込んだ。

やがてフランキーが言った。「いいのを思いついたぞ。人は何本の道を歩かなくてはならないか」

「なるほど！」とベンジー。「そりゃなかなかよさそうじゃないか！」その文句をちょっと反芻してみて、「いいぞ、ばっちりだ！　深い意味がありそうでいて、しかもどうとでも解釈できる。人は何本の道を歩かなくてはならないか。四十二。やった、ばっちりだ、これならいける。いいぞフランキー、これで成功まちがいなしだ！」

二匹は有頂天になってちょろちょろと踊りまわった。

その二匹のそばで、見るに堪えない男たちが床にのびていた。重いトロフィーで頭をぶん殴られたのだ。

そこから一キロほど離れて、四つの人影が出口を探して廊下をばたばたと走っていた。やがて広々としたコンピュータ区画に出て、きょろきょろと左右を見まわす。

「どっちだと思う、ゼイフォード」とフォード。

「あてずっぽだが、こっちに行ってみよう」ゼイフォードは、コンピュータの列と壁のあいだを右に向かって走りだした。ほかの三人がそのあとを追って走りだしたとき、彼はいきなり立ち止まった。瞬殺光線《キロザップ》が目の前数センチの空気をバリバリと引き裂き、横の壁の一画を瞬時に焼き焦がしたのだ。

ハンドマイクで呼びかけてくる声があった。「ようし、ビーブルブロックス、そこを動くな。逃げようったってむだだぞ」

「警察だ！」ゼイフォードは声を殺して言い、腰をかがめてまわれ右をした。「フォード、今度はおまえのあてずっぽで行こう」

「よし、こっちだ」とフォードは言い、四人はコンピュータの列と列にはさまれた通路を走りだした。

その通路の端に、宇宙服を着けた重武装の人影が現れた。まがまがしいキロザップ光線銃を振りかざしている。

「おれたちゃ銃は撃ちたくないんだ、ビーブルブロックス！」その人物は叫んだ。

「そいつはよかった！」ゼイフォードは叫びかえし、二台のデータ処理装置のあいだの広いすきまに飛び込んだ。

ほかの三人もそれにならう。

「警官はふたりいるわ」とトリリアン。「挟みうちにされちゃったわね」

大きなコンピュータのデータバンクと壁とが接する角に、四人は身体をぴったり押しつけた。

息を止めて待つ。

いきなり空気が爆発した。警官ふたりが同時にこちらに向かって光線銃を発射したのだ。

「なんだよ、撃ってるじゃないか」アーサーは縮こまれるだけ縮こまった。「撃ちたくないって言ってたよな」

「うん、たしかに言ってた」とフォード。

危険をおかして、ゼイフォードがぱっと頭をあげた。

「おい、撃ちたくないって言ってなかったか?」と言ってすぐに頭を引っ込めた。

四人はしばらく待った。

ややあって答えが返ってきた。「警官やってんのは楽じゃないんだよ!」

「いまなんて言った?」フォードがあきれ顔でささやいた。

「警官やってんのは楽じゃないんだとさ」

「だって、そんなのこっちには関係ないじゃないか」

「おれもそう思うけどな」

フォードは大声で言った。「あのさあ、こっちはそれでなくてもいま大変なんだよ。なんせ、あんたらにこうして狙い撃ちされてるんだからな。だから、あんたらの問題までこっちに押しつけないでくれよ。そうすりゃみんな少しは生きやすくなるだろ」

また少し間があって、ふたたびハンドマイクの声がした。

「いいか、兄ちゃん。おまえがいま相手にしてんのは、銃をぶっ放すしか能のない頭のからっぽな単細胞じゃないんだ。ゴリラみたいに額が狭くもないし、豚みたいにちっこい目もしてないし、人並みの会話だってできる。おれたちゃふたりとも知的で繊細な男なんだよ。パーティかなんかで会ってみろ、好感を持つことうけあいだぜ。理由もなく人を撃ち殺してまわって、あとでいかがわしい宇宙突撃隊の酒場でそれを自慢するような、そういう警官とはわけがちがうんだ。おれはな、理由もなく人を撃ち殺してまわって、あとで何時間も恋人相手にそれを苦悩する男なんだよ！」

「おれは小説を書いてるんだ！」もうひとりの警官が加わってきた。「ただ、まだどれも出版されてないけどな。だから言っとくが、おれはいまものすごーーく機嫌が悪いんだ！」

フォードの目玉は半分飛び出しそうになっていた。「こいつら、どうかしてるんじゃないのか？」彼は言った。

「さあな」とゼイフォード。「銃をぶっ放してるときのほうがまだ好感が持てるような気がするな」

「わかったらおとなしく出てこい」警官のひとりが怒鳴った。「それともこの銃でいぶり出してほしいか」

「あんたらはどっちがいい？」フォードが怒鳴った。

ほとんど一瞬の間もなく、まわりの空気がまた沸騰しはじめた。四人が盾にしているコンピュータの列に、キロザップ銃の光線が次から次に浴びせられる。

その凄まじい弾幕射撃は何秒間も続いた。

射撃がやんだあとも、部屋じゅうに鳴り響くこだまのせいで数秒は静寂が戻らなかったほどだ。

「まだ生きてるか？」警官が声をかけてきた。

「まあね」

「こういうことして楽しいわけじゃないんだぞ」もうひとりの警官が言った。

「だろうね」とフォード。

「いいか、よく聞けよ、ビーブルブロックス。ようく聞いたほうが身のためだぞ！」

「なんでだ？」ゼイフォードが叫びかえす。

「なんでかっていうと」と警官。「ものすごくためになって、おまけに面白くて心あたたまる話だからさ！　いいか——いますぐ出てきてちっとばかしぶん殴らせろ。いや、死ぬほどぶん殴りゃしない。おれたちは無用の暴力には断固反対だからな。ともかくいますぐ出てこないと、この惑星をまるごと吹っ飛ばすぞ。ついでに来る途中で見かけたやつもひとつふたつ吹っ飛ばしてやる」

「頭がどうかしてるんじゃないの！」トリリアンが叫んだ。「そんなことできるわけない！」

「できるとも」警官が叫んだ。「できるだろ？」ともういっぽうに尋ねる。

「もちろん、吹っ飛ばすしかないさ」もうひとりが叫びかえす。

「でも、なぜそんなことするのよ」とトリリアン。

「この世にはどうしようもないことってあるんだよ。たとえ教養あふれるリベラルな警官で、感受性とかそういうことをちゃんとわかっててもな！」

「まったく信じられないやつらだ」フォードが首をふりながらつぶやいた。

いっぽうの警官がもういっぽうに叫んだ。「またもうちっとぶっ放してやるか？」

「おう、いいとも」

ふたたび雷光の弾幕射撃が始まった。

その熱と轟音はじつに凄まじかった。徐々にコンピュータが崩れはじめる。前面はほとんど溶けてしまい、溶けた金属の大きなしずくが、四人のうずくまっている隅まで飛ばされてくる。四人はさらに縮こまり、最期のときを待った。

33

しかし、最期のときは来なかった——少なくともこのときは。なんの前ぶれもなく弾幕射撃がやみ、その後の突然の静寂を突いて、断末魔の喉鳴りとどさっという物音がふたつずつ聞こえた。

四人は顔を見合わせた。

「なにがあったんだ?」とアーサー。

「射撃がやんだのさ」とゼイフォードが肩をすくめる。

「なんで?」

「さあな、おまえ行って訊いてくるか?」

「とんでもない」

四人は待った。

「おーい」フォードが声をあげた。

答えはない。

「変だな」

「罠じゃないか」

「あいつらにそんな知恵が働くもんか」

「あのどさって音はなに？」

「さあ」

四人はさらに数秒間待った。

「よし」とフォード。「ちょっと見てくる」

彼はほかの三人にちらと目をやった。

「いやそれはいけない、自分が見てくるって言うやつはいないのか？」

三人はそろって首を横にふった。

「わかったよ」彼は立ちあがった。

しばらくなにも起きなかった。

それから一秒ほど経って、やはりなにも起きようとしない。燃えるコンピュータから濃い煙が噴きあがり、フォードはその煙の向こうを透かし見た。

そろそろと開けた場所に足を踏み出した。

あいかわらずなにも起きない。

二十メートルほど向こうに、宇宙服姿の人影が煙ごしにぼんやり見分けられた。警官のひとりが床にだらしなくくずおれている。反対側に目をやると、やはり二十メートルほど先にもうひとりの警官が倒れていた。ほかに人影は見えない。

こんなばかなことがあるはずがない、とフォードは思った。

そろそろと、おっかなびっくり、最初に見つけた警官のほうに歩きだした。励ますようにじっと横たわっているので、フォードはさらに近づいていった。それでもやはり励ますようにじっと横たわりつづけているので、フォードはさらに近づいてキロザップ銃を踏みつけた。警官のぐんにゃりした指にいまも引っかかっている。

フォードはかがんで銃を拾いあげたが、警官は抵抗しない。

まちがいなく死んでいた。

ざっと調べてみて、この警官はブラギュロン座カッパ星人と知れた。メタン呼吸の人種なので、薄い酸素型大気のマグラシアでは宇宙服なしでは生きられない。

意外なことに、背中に担いだ小さな生命維持装置のコンピュータが故障しているようだった。

フォードは少なからず驚いて、そのコンピュータに指を突っ込んでつつきまわした。この手の宇宙服用小型コンピュータは、サブイーサを通じて宇宙船のメインコンピュータと直に接続されており、完全なバックアップを受けているものだ。だからなにがあっても故障したりしない。唯一の例外は、メインコンピュータからのフィードバックが完全におかしくなった場合だが、そんな話はこれまで聞いたことがない。

もうひとりの警官の死体に急いで駆け寄った。そのありえないことがこちらにも同じように起きていた。それもたぶん同時に。

彼はほかの三人に見に来いと声をかけた。三人はやって来て、フォードと同じく驚いたが、フォードとちがって好奇心は刺激されなかった。

「こんな穴ぐらはさっさとおさらばしようぜ」とゼイフォード。「ここでなにか探す予定だったとしても、そんなもんもう要らん」彼はふたりめの警官のキロザップ銃をつかむと、まったく無害な会計コンピュータめがけてぶっ放し、廊下に飛び出していった。ほかの三人もそれに続く。ゼイフォードはあやうくエアカーまで吹っ飛ばすところだった。数メートル先にかれらを待つように停めてあったのだ。

だれも乗っていなかったが、スラーティバートファーストのエアカーなのがアーサーにはわかった。

単純な操縦パネルにスラーティバートファーストからのメモが留めてあった。下向きの矢印が書かれていて、それがパネルのボタンのひとつを指し示している。

「たぶんこのボタンを押すのが一番だと思う」とそのメモには書いてあった。

34

エアカーはR17を超える速度でスチールのトンネルを駆け抜け、ぞっとしない地表に向かった。地表はまたわびしい夜明けの薄明に包まれていた。陰気な灰色の光が地面に凝《こご》っている。

Rというのは速度の単位で、身体的な健康を損なわず、精神衛生にも害がなく、たとえば五分以上は遅刻せずに目的地に着くためのまずまずの移動速度と定義されている。というわけで、当然のことながら状況に応じてほとんどどんな値でもとりうる。最初のふたつの条件は絶対値としての速度によって変化するだけでなく、第三の条件をどのていど気にするかということによっても変化するからだ。無我の境地でもって処理しなければ、この等式は少なからぬストレスと潰瘍をもたらし、へたをすれば死にもつながる。

R17は固定した速度ではないが、速すぎることだけはたしかである。

エアカーはR17以上の速度でぶっ飛ばし、〈黄金の心〉号のそばに四人を吐き出した。凍った吹きさらしの大地に横たわる〈黄金の心〉号は、まるで野ざらしの骨のようだ。エアカーはたちまちもと来たほうにすっ飛んで戻っていく。たぶんエアカーなりに大事な用があるのだろう。

寒さに震えながら、四人はそこに立って船を眺めた。

そのわきに船がもう一隻停まっている。

ブラギュロン座カッパ星の警察船だった。ずんぐりしたサメのような船で、色はスレートのような暗緑色だが、大きさも読みにくさもさまざまな黒いステンシル文字に覆いつくされている。読みたがる奇特な者がいれば、この船がどこの船で、警察のどんな部署に所属していて、ついでに給電線をどこにつなげばいいかわかるはずだ。

この船の乗員ふたりは、いま地下数キロの煙だらけの部屋で窒息死している。だがそれにしても、この船はなんとなく不自然に暗くて静かな感じがする。これは説明も定義もできない奇妙な現象のひとつだが、船が完全に死んでいるときはそれと感じるものである。

というわけでフォードはそれと感じて、そんなばかなと思った。攻撃を受けたようにも見えないのに、宇宙船とふたりの警察官がそろって死んでしまうとは。彼の経験からして、この世にはそんな偶然はあるものではない。

ほかの三人もそれと感じはしたが、身を切る寒さのほうをはるかに強く感じたため、とつぜん好奇心が消失するという発作を起こしてあわてて〈黄金の心〉号に戻っていった。

フォードはあとに残り、ブラギュロンの船を調べようと歩いていった。その途中で危うくつまずきそうになった。スチールのロボットが、冷たい土に突っ伏してじっとしていたのだ。

「マーヴィン！」彼は大声をあげた。「なにしてるんだ？」

「どうぞ、わたしのことなんか気にしないでください」くぐもった暗い声がした。

「そんな、具合でも悪いのか？」フォードは言った。

「とても気が滅入っているのです」

「なにがあった？」

「わかりません」とマーヴィン。「いつだってわからないんです」

フォードはマーヴィンのわきにしゃがんで、震えながら尋ねた。「なんだって土んなかに顔を突っ込んでるんだ？」

「非常に効果的にみじめな気分を味わえるからです」マーヴィンは言った。「話をしたいふりなんかしないでください。あなたがわたしを嫌っているのはわかっているんです」

「そんなことないさ」

「いいえあります。みんなそうなんです。それは宇宙の成り立ちの一部なんです。わたしが話しかけただけで、みんなわたしを嫌うんです。ロボットさえわたしを嫌うんです。どうぞ無視してください、そうすればすぐに立ち去って、もうお邪魔はしませんから」

彼はのろのろと身体を引き起こし、意を決したようにフォードに背を向けた。

「その船にも嫌われました」彼は警察船をさしてしょんぼりと言った。

「この船にも？」フォードははっとして尋ねた。「この船はいったいどうしたんだ？知ってるのか？」

「わたしが話しかけたので、わたしを嫌ったんです」

「話しかけた？」フォードは大声で言った。「どういう意味だ、話しかけたって」

「簡単なことですよ。退屈で気が滅入ってしかたがなかったので、船のコンピュータの外部接続に自分で自分を接続したんです。それでずいぶん長いこと話をして、わたしの宇宙観を説明したんです」

「そしたら？」フォードが先を促す。

「自殺してしまいました」マーヴィンは言って、〈黄金の心〉号にひっそりと戻っていった。

35

その夜、〈黄金の心〉号が馬頭星雲とのあいだに数光年の距離をせっせと稼いでいるとき、ゼイフォードはブリッジの小さなしゅろの木の下でのらくらして、大量の汎銀河ガラガラドッカンで脳みそに活を入れようとしていた。フォードとトリリアンは隅に腰をおろし、生命とそこから生じる問題について議論していた。アーサーはベッドに寝ころがり、フォードの『銀河ヒッチハイク・ガイド』をあっちこっち拾い読みしていた。これからここで生きていかなくてはならないのなら、多少は知識を仕入れておくほうがいいだろう。

そのうち、こんな項目に出くわした。

主要な銀河文明の歴史には例外なく、それぞれ明確に異なる三つの段階が認められるようである。すなわち、生存、疑問、洗練の三段階であるが、これはまた、いかに、なぜ、どこの段階とも呼ばれている。

たとえば、第一段階に特徴的な問いは「いかにして食うか」であり、第二段階の問いは「なぜ食うのか」であり、第三段階の問いは「どこでランチをとろうか」である。

ここまで読んだところで、船のインターホンが沈黙を破った。

「よう地球人、腹減ってないか?」ゼイフォードの声が言った。

「ええと、そうだな、ちょっと小腹がすいたような気もするな」アーサーは答えた。

「よし、そいじゃしっかりつかまってろよ」とゼイフォード。「軽く腹ごしらえとしゃれこもうぜ。行き先は〝宇宙の果てのレストラン〟だ」

訳者あとがき

本書は言わずと知れたダグラス・アダムスの傑作、*The Hitchhiker's Guide to the Galaxy* の全訳である。底本に用いたのは二〇〇二年刊の Picador 版で、同じく二〇〇二年にアメリカの Ballantine Books から出た *The Ultimate Hitchhiker's Guide to the Galaxy*（シリーズ全五作を一冊にまとめたもの）も適宜参考にした。どういうわけか Picador 版には誤植や脱落が多かったからだが、Ballantine 版ではイギリス英語がアメリカ英語に直されている箇所があって参考になったからでもある。

原書が本国イギリスで出版されたのは一九七九年だから、もう四半世紀以上も前になる。もともとはＢＢＣラジオ４の連続ドラマだったものを、原案・脚本を担当したダグラス・アダムス自身が小説化し、それが本人も驚くほどのベストセラー＆ロングセラーになった（いまでも、英語圏はもちろんヨーロッパ各国で根強い人気を誇っている）。人気に押されるようにしてシリーズ化され、*The Restaurant at the End of the Universe*（邦題『宇宙の果てのレストラン』）、*Life, the Universe and Everything*（邦題『宇宙クリケット大戦争』）、*So Long, and Thanks for All the Fish*、*Mostly Harmless* と全部で五冊が発表されている。

シリーズ最後の作品となった *Mostly Harmless* に関しては、執筆時期にプライベートで不幸が重なったため、必要以上に暗い虚無的なトーンになったとも言われているようだが、いずれにしても肝心の作者が二〇〇一年にまだ四十九歳の若さで急死し、続きが書かれることはもうなくなってしまった。ファンのひとりとしてはじつに残念無念である。

ところが、作者が亡くなったのがかえって後押しになったのか、これまで何度も持ち上がっては立ち消えになっていた映画化の話がにわかに実現に向かって動きだし、今春めでたく世界各国で公開の運びとなった。日本でも九月には公開される予定とのことで、まことに慶賀にたえない。ダグラス・アダムスが生きていればどんなにか喜んだだろうと思うと、一抹の寂しさを感じずにはいられないが……

それにしても、映画化の影響力をいまさらながら見せつけられる思いである。本国イギリスでは、第三シリーズまでで中断していたラジオ番組が、今年になって第四、第五シリーズまで製作・放送されたそうだし、ダグラス・アダムス関係の書籍、CDなども次々に出版されている。また日本でも、テレビシリーズ（一九八一年にイギリスBBCが製作・放映したもの）のDVDが、映画公開に合わせて九月に発売されるそうで、これまたファンにとってはうれしいニュースだ。訳者はイギリスで二〇〇二年に発売されたDVDを持っているが（はっきり言って自慢です）、製作にアダムス自身が加わっていることもあって（それどころかカメオ出演もしていて、後ろ姿ながらアダムスのオールヌードが見られます!)、原作に忠実なよくできた作品なので、ひとりでも多くのファンに見てもらいたいと思っている。またついでに付け加えると、本書が出せたのももちろん映画化のおかげである。

本書『銀河ヒッチハイク・ガイド』はダグラス・アダムスの残した一大傑作であり、SF界においても古典的傑作と広く認められている。奇想天外なアイデア、意表をつく展開、宇宙的規模の深遠な真理の探求と三拍子そろっているうえに、イギリスふうの皮肉で飄々とした語り口のおかしさも、またたまらない魅力になっている。それを私の拙い翻訳でどこまでお伝えできたかははなはだ疑問であるので(それなら最初から翻訳を引き受けるなと言われそうだが、それを言っては身も蓋もないのでどうぞ大目に見てやってください)、ここでいささか補足をさせていただこう。というわけで以下には内容に触れる部分もある(要するにネタバレ含む)ので、まだ本文を読んでいないかたはここからあとは読んではいけません。

まず冒頭、アーサー・デントがブルドーザーの前に寝っころがっている場面で、ブルドーザーの運転手とミスター・プロッサーが議論するくだりがある。議論のテーマは「アーサーが精神衛生上の危険《メンタルヘルス・ハザード》に該当するかどうか」だというのだが、サッチャー政権以前のイギリスの労働組合がいかに横暴で鳴らしたか知らないと、ここはちょっとわかりづらいかもしれない。イギリスの労働組合はいわゆる「職能組合」というやつで、日本の会社ごと組織ごとの組合とはかなり性格がちがう。つまり同じ組織に属していっしょに仕事をしていても、担当する職種ごとに別々の組合に属しており、会社への忠誠心より組合の結びつきのほうが、少なくともかつてははるかに強かったらしい。日本ふうに考えれば、アーサーとプロッサーが対立すれば、運転手たちはプロッサーに味方しそうに思える。しかし労使の利害関係からいうと、プロッサーに味方しても運転手たちにはなんの得もないのである。おそらくかれらの報酬は「出来高」ではなく「時間給」だろうから、工事が始まろうが始まるまいがふところは少しも痛まない。というわけで、アーサーが工事を妨害していることが「精神衛生上の危険」に該当する、つまり運転手たちに精神的苦痛をもたらしていると屁理屈をこねて、さらに危険手当までふんだくろうと画策しているというわけだ。

次にフォード・プリーフェクト（Prefect）の名前であるが、これは訳注にも書いたとおりフォード社の発売した自動車の名前である。なぜこの名をフォードが選んだのか本文にははっきり書かれていないが、別のところでダグラス・アダムスが語っているところによると、「予備調査が適当だったせいで、地球の支配的生物種は自動車だと勘違いしたから」だという。しかし、この名前を選んだのは、ダグラス・アダムスにとってもいささかミスだったようだ。というのも、この車はフォードのイギリス支社がイギリス向けに製造してイギリスだけで販売したという、世界的に見るとかなりマイナーな車なのである。そのため、「イギリス以外ではまったく知られていなかったから、アメリカで本書が発売された当初は『フォード・パーフェクト（Perfect）』のミススペルだとみんなに思われてしまった」そうである。

またこれは細かいことだが、フォードの生まれた惑星が「ベテルギウスの近く」にあるのはなぜかというと、これはたぶん英語の読みのおかしさのせいだろう。ベテルギウス（Betelgeuse）というのはもともとアラビア語らしいが、英語読みは「ビートルジュース」である。音で聞くと「甲虫の汁（Beetle Juice）」とまったく同じ発音で、日本人が「ベテルギウス」と聞いたときの語感とはたぶん天と地ほどもかけ離れていると思う。また〈シリウス・サイバネティクス〉社がなぜシリウスにあるのかと言えば、これまた「シリウス（Sirius）」の発音が英語の serious（まじめな）に通じるからだろう。手抜き仕事が多くて苦情殺到、苦情処理部門が惑星三つの大陸を占めるほどに肥大している——そんな会社が「まじめ」という名前の星にあるという、ちょっとした皮肉を狙ったのにちがいない。

もうひとつ語感のちがいで言うと、翻訳していていちばん困ったのは「スラーティバートファースト」だった。初めて登場したとき、スラーティバートファーストはなかなか名前を言いたがらず、しかたなく名乗ったときにはアーサーに笑われている（本書には「笑った」とは書かれていないが、ラジオやテレビでは完全に笑っている)。どうやら変な名前らしいということはわかるが、この名前のどこがそんなにおかしいのかよくわからない。ネイティブに訊いてみると「なんとなく語感が滑稽だ」というだけで、とくにはっきりした理由はないらしい。こういうのは英語ネイティブ以外には面白さがまずわからないわけで、ファンとしては歯がゆいかぎりである。

ところで、本書によれば「生命、宇宙、その他もろもろ」の究極の答えは四十二である。なぜ四十二なのか、これについては「エジプトの『死者の書』に出てくる神の数と同じ」とか「ルイス・キャロルの『アリス』に出てくる規則の番号と同じ」とかいろいろ言われているようだが、ダグラス・アダムス本人は一貫して、「まったく意味のない数字として選んだ」と語っている。そのよい例が、一九九八年にBBCのラジオ4で放送された、アダムスへのインタビュー番組である。この番組のなかで、四十二を選んだいきさつをアダムス本人がくわしく語っているのだが、なかなかおもしろい話なのでここで簡単に紹介しよう(このインタビュー番組は、『銀河ヒッチハイク・ガイド』ラジオ放送二十周年を記念して製作されたもので、これまたCDに収録されて発売されている)。

——人生の意味や深遠な真理を求めて賢者や聖人に話を聞きに行き、聞いた答えにがっかりするという小話のたぐいは昔からいろいろある。その手のジョークを考えてみて、とりあえず究極の答えは数字にしようと思った。ごくありふれた答えなのに、まったく意味がわからないという意味で面白いと思ったからだ。しかし、三や七には神秘的な力があるとか言って、人は数字になにかと意味を付与したがるものだ。そんな意味ありげな数字を選ぶと面白さがそがれてしまうから、まったくなんの意味もない平凡な数字を選ばなくてはならない。なにがいいだろうと考えているとき、ふと思い出したことがあった。ジョン・クリーズの〈ビデオ・アーツ〉社で、ちょっと仕事をさせてもらっていたときのことだ（ジョン・クリーズはかの有名な〈モンティ・パイソン〉のメンバーだが、「空飛ぶモンティ・パイソン」を降板し、個人活動を始めたあと〈ビデオ・アーツ〉という会社を設立して成功を収めている）。

ビジネス向けの教育ビデオを作っているところで、ジョン・クリーズは「だめな窓口係」を演じていた。彼はなにか一生懸命計算をしていて、客が窓口に来て待っているのに気がつかない。客は愛想を尽かして隣の「よい窓口係」のところへ行き、そこで用をすませて帰る途中、先ほどの「だめな窓口係」の前を通りかかる。とそのとき、やっと計算の答えが出て、ジョン・クリーズ演じる窓口係は答えを叫ぶ……のだが、その答えをいくつにするかで、ジョン・クリーズらはいろいろ話し合っていた。ぜんぜん意味のない平凡な数でないと面白くないとジョンは言い、しまいに四十二がいいということになった。そのときのことを思い出して、これこそうってつけだと思ってこの数を選んだ(以上、ダグラス・アダムスの話の要約である)。

この話を紹介するとき、アダムスは「記憶があいまいで、ほんとうにそうだったかわからない」と断っているし、ジョン・クリーズの作っていたビデオの内容については別の説もあるようだ。とはいえ、この重要な四十二という数を選ぶのに、〈モンティ・パイソン〉のジョン・クリーズが影響を与えたというのは非常に興味深い話だと思う。パイソンズのメンバー六人のうち三人は、ケンブリッジ大学の〈フットライツ〉というコメディ・サークルの出で、ダグラス・アダムスにとっては先輩にあたる。その縁もあって、アダムスはパイソンズに関わっていたことがあるのだが、そうはいってもごく短期間だったし、本人はその影響をあまり強調されるのを好まなかったようだ。しかし、「ぼくは〈モンティ・パイソン〉みたいにコメディを書いて演じる仕事がしたかった。要するにジョン・クリーズになりたかったんだ。だいぶかかったけど、その仕事はもう別の人がやってるとやっと気がついた」と語っていることからもわかるように、憧れや受けた影響はやはり大きかったのだろう。

『銀河ヒッチハイク・ガイド』に話を戻すと、もうひとつお断りしておかなくてはならないことがある。これもやはり「数字」の話だ。ダグラス・アダムスは数字に弱かったのか、それともまったく無頓着だったのか、本書には首をかしげるような数値の誤りがいろいろ出てくる。

まず、「地球上では、生地からどんなに離れても一万六千キロ（原文では一万六千マイル）がせいぜいだ」とあるが、地球の直径はおよそ一万三千キロである。アダムスは直径と半径をとりちがえて憶えていたのではないだろうか。また、銀河系の反対側にあるダモグラン星までの距離が五十万光年になっているが、銀河系の直径はおよそ十万光年なのでこれもつじつまが合わない（時空が歪んでいてまっすぐ進めないという話かもしれないが、それにしても五十万は長すぎないか）。もうひとつ、マグラシア人が惑星を製造している超空間の大きさも変だ。この超空間は中空の球体で、その球体を形作る壁は十三光秒のかなたで閉じている、とあり、そのすぐあとに「球体の直径はおよそ五百万キロ（原文は三百万マイル以上）」とある。しかし、光速は毎秒三十万キロだから、五百万キロなら十六光秒はなければおかしい。

また、これはまちがいとまでは言えないが、ダモグラン星での〈黄金の心〉号進水式の場面で、大統領の３Ｄ映像を見ている人の数が三十億人になっているのもどうかと思う。なにしろ、いま現在の地球の総人口は六十億ほどだという。３Ｄ映像を見られるほど文明の進んだ星はそんなに多くないと考えたとしても、銀河系全体で三十億というのは少なすぎはしないか。原文は three billion であり、イギリスでは古くは billion は十億でなく兆を意味していたから、三兆人と訳して訳せないことはないとは思う。しかし、明らかに十億の意味で使っている箇所のほうが多いし、本書のアメリカ版でも three billionのままになっているので、ここもそのまま三十億と訳しておくことにした。

『ヒッチハイク』シリーズは何度も版を重ねているのだから、こういう簡単な数字の誤りは一度ぐらいは指摘されていると思う。著者や編集者や校正者が気づかなくても、コアなファンはかならず気づいて指摘してくるはずだ。にもかかわらずまったく訂正されていないということは、たぶん著者がこのままでいいと判断したのだろう。というわけで、編集部とも相談のうえ、とりあえず本書でもとくに訂正はしないことにした。ご了承いただきたい（しかしどういうわけか、著者本人による朗読CDでは、一部数字の訂正されている箇所もある。フォードがパブで買うピーナッツの値段は本では二十八ペンスだが、朗読では一ポンド六十ペンスに値上げされている。さらに、フォードが亭主に差し出して「釣りは要らない」という札の額も、本では「五ポンド札」なのに朗読では「十ポンド札」になっている。インフレを反映したのはわかるが、ほかのところは放っておいてなんでこんなところを訂正するのか謎である。アダムスは天才だったとよく言われるが、やはり天才の考えることは凡人には理解できないということだろうか）。

なお、ついでにもうひとつお断りしておきたいことがある。先にあげたスラーティバートファーストをはじめ、本書にはおかしな固有名詞が山ほど出てくるが、その表記については、著者本人の朗読の発音になるべく合わせるようにした。ただし、ベテルギウスやアルファ・ケンタウリなどのように、実在の固有名詞で日本語表記が定まっているものについては、そちらの表記を採用してある。

それにしても、まさか自分がこの名作を翻訳する日が来るとは夢にも思わなかった。思い起こせば二十年とちょっと前、『宇宙の果てのレストラン』を書店で見かけて、「ふざけたタイトルだなあ」となんの気なしに買い、翌日にはシリーズ第一作の『銀河ヒッチハイク・ガイド』を求めて書店に駆け込んだものだった。まるで昨日のことのようだ（というのは大げさだが）。しばらくダグラス・アダムスに夢中になり、なかなか翻訳されないのにしびれを切らして原書で読んだりしていたが、さすがにそんな情熱も薄れてきたころ、二〇〇一年にラジオのニュースでダグラス・アダムスの急死を知った。ショックでアダムス熱が復活し、今度はラジオ番組のＣＤやテレビのＤＶＤを買い集めたりしていたところ、昨年になって映画化の話が進んでいると耳にした。とはいえたぶん実現するまいと思っていたのに、ほんとうに撮影が始まった、完成した、と聞いて驚いていた――ところへ、河出書房新社の編集部さまから「映画化に合わせて新訳で出すから、翻訳したかったらやらせてやる」とお話を頂いて、まさか夢ではないかと思ったものだ。いまこうして訳し終えてみて、発表されてから二十年以上たつのに、少しも古びていないのにあらためて驚いている。現実離れした話だからという面もあるだろうが、やはり時代を超えた傑作のすごさだろうと思う。

話の順序が逆になったが、私が二十年とちょっと前に読んだのは言うまでもなく、新潮文庫から一九八二年に出た『銀河ヒッチハイク・ガイド』(風見潤・訳)である。長らく絶版になっていたこの名作、むかし自分が夢中で読んだ作品を、こうしてまた世に送り出すお手伝いができるとはまさに感無量である。こんなまれな機会を与えてくださった、河出書房新社編集部の田中優子氏、松尾亜紀子氏には、ほんとうに感謝の言葉もない。この場をお借りしてあつくお礼申し上げます。

二〇〇五年六月

kawade bunko

銀河ヒッチハイク・ガイド

著者　ダグラス・アダムス
訳者　安原和見

二〇〇五年　九 月二〇日　初版発行
二〇一二年　五 月三〇日　13刷発行

発行者　小野寺優
発行所　河出書房新社
東京都渋谷区千駄ヶ谷二－三二－二
☎〇三－三四〇四－八六一一（編集）
〇三－三四〇四－一二〇一（営業）
http://www.kawade.co.jp/

デザイン　粟津潔

印刷・製本　中央精版印刷株式会社

落丁本・乱丁本はおとりかえいたします。

Printed in Japan　ISBN978-4-309-46255-4